'02年版ベスト・エッセイ集

日本エッセイスト・クラブ編

象が歩いた

文藝春秋

象が歩いた◉目次

掲載紙誌の発行年はすべて二〇〇一年です。

象が歩いた

父の万年筆

老いるということ

北京の夏

象が歩いた

——'02年版ベスト・エッセイ集

装画・装丁　安野光雅

象が歩いた

学而

浅《あさ》田《だ》次《じ》郎《ろう》（作家）

東京オリンピックの前年のことである。

私はどうしても私立中学を受験すると言い張って、貧しい母を困らせた。

生家は数年前に没落し、家族は離散していた。しばらく遠縁の家に預けられていた兄と私を、母はようやく引き取って、とにもかくにも六畳一間に三人の暮らしが始まったばかりであった。母はナイト・クラブのホステスをしていた。

学歴に対する過剰な信仰が始まったのは後年のことで、当時の私立中学は教育熱心な裕福な家庭の専有物であった。そして悲しいことに、余裕のある家庭の子女は明らかに学力が優っていた。

私が私立中学にこだわったのは、親の不始末によって私の人生まで変えられたのではたまらぬ、と考えたからである。家産が破れたのちも、私は選良としての意識をかたくなに抱き続けていた。繁栄に向けて日本中がせり上がってゆく槌音《つちおと》が、昼夜分かたず私を苛《さいな》んでいた。

「いい家の子と一緒にやってゆくのは、おかあさんも大変だけれど、おまえだって並大抵のことじゃない」と母は説諭したが、結局私のわがままを聞いてくれた。

さながら科挙の試験のごとく、一族郎党と家庭教師が花見のような弁当持ちで少年に付き添う試験場に、私はひとりで臨んだ。誤答はひとつもないという自信はあったのに、たぶん不合格だろうと思った。理不尽だとは思いつつも、すべてを斉《ととの》えて試験に臨む本物の選良たちには到底かなわない気がした。

アパートに戻ってその気持をありのままに伝えると、母は化粧をする手を止めてやおら鏡から向き直り、強い口調で私を叱《しか》った。「おとうさんやおかあさんが試験を受けたわけじゃないんだ。おまえが誰にも負けるはずはないだろう」と言ってくれた。

合格発表の日、母は夜の仕度のまま私と学校に行ってくれた。盛装の母は場ちがいな花のように美しかった。私の受験番号を見上げたまま、母は百合の花のように佇《たたず》んで、いつまでも泣いていた。

その日のうちに制服の採寸をした。駒場東邦中学の紺色の制服を母はたいそう気に入って、「海軍兵学校みたいだ」とはしゃいだ。それから、別室で販売されていた学用品を、山のように買ってくれた。小さな辞書には見向きもせず、広辞苑と、研究社の英和辞典と、大修館の中漢和を買い揃《そろ》えてくれた。おかげで私はその後、吊《つ》り鞄《かばん》のほかに三冊の大辞典を詰めたボストンバッグを提げて通学しなければならなかった。

学徒動員のさなか、学問をするかわりに飛行機を作っていた母は、私に何ひとつ教えることができなかった。三冊の辞書には言うに尽くせぬ思いがこめられていたのだろう。

全二十編におよぶ「論語」は、その第一編「学而編」の冒頭にこう記す。

子のたまわく、学びて時に之《これ》を習う、また説《よろこ》ばしからずや。

私はおしきせの学問を好まなかったが、常に自からよろこんで学び続けてきた。今も読み書くことに苦痛を覚えたためしはない。その力の源泉はすべて、母があの日、「えらい、えらい」と泣きながら私に買い与えてくれた、三冊の辞書である。

時は移ろい、学び習うこともずいぶん便利にはなったけれども、そうした出自を持つ私は、どうしてもコンピューターの前に座ることができない。机上にはいまだに、朽《く》ち破れた三冊の辞書が置いてある。


紅葉の色づくころ、母が死んだ。

癌《がん》を宣告されてからもけっして子供らの世話になろうとはせず、都営団地にひとり暮らしを続けた末、消えてなくなるように死んでしまった。七十三の享年に至るまで、たおやかな一輪の百合の花のように美しい母であった。

遺された書棚には私のすべての著作に並んで、小さな国語辞典と、ルーペが置かれていた。

あの日から、三冊の辞書を足場にしてひとり歩きを始めた私のあとを、母は小さな辞典とルーペを持って、そっとついてきてくれていた。

そんなことは、少しも知らなかった。


（「小説新潮」一月号）

イエス、イッツ・ミー

山本《やまもと》一力《いちりき》（作家）

昭和三十七（一九六二）年五月に、わたしは高知から東京都渋谷区の中学に転校した。日焼けした顔で丸刈りあたま、土佐弁丸だしの生徒は浮いてしまう。思春期に差しかかった田舎者には、なんとも居心地がわるかった。

うまく溶けこめずに悶々としていたとき、アメリカの女の子がペンフレンドを探していることを知って飛びついた。学校で習う英語もろくにできないのに、である。エアメール封筒に薄紙の便箋を入れ、町内の郵便局から差し出した。

三週間ほどで返事が届いた。ピンク色の厚い封筒と同色の便箋。わたしが差し出した薄紙とはまるで異なる上質の物である。手紙からは未知の香り（比喩ではなくほんとうの香り）が漂っていた。

手書き文字は読みやすい活字体で書かれていたが、知らない単語がほとんどだ。赤尾の豆タンで、一語ずつ意味を探した。

彼女の名はパメラで愛称はパム。ミズーリ州カンサスシティに住む、わたしと同い年の女の子だと分かった。しかし英語の返事がうまく書けない。どうしようかと思いあぐねたとき、妙案が浮かんだ。

当時のわたしは朝夕の新聞配達小僧で、すぐ近所に米空軍家族住宅、ワシントンハイツがあった。広大なベースは金網で囲まれており、フェンスのなかはアメリカである。金網越しに、こどもが遊んでいるのを毎日見ていた。

「ワシントンハイツの新聞配達を受け持って、こどもから英語を教わろう」

全力で新聞を配り終えたあと野球とフットボールで遊び、こどもが話す初級英語を覚えることができた。なかで一番親しくなった兄弟から、彼らの家に招かれた。一歩住居に入ると、パムの手紙と同じ香りに充ちていた。

西部劇で見たカンサスシティのイメージをもとに、わたしはミズーリ州が中西部の田舎町だと思い込んでいた。ところがパムから届いた絵葉書を見て仰天した。高層ビル群が建ち並んでおり、ハイウエイが縦横に走っている。東京よりもはるかに都会であることにショックを受けた。

車や家具、電器製品などのカタログも送ってくれた。見たこともないものばかりである。ワシントンハイツの家に招かれたとき、テレビの余りの大きさに度肝を抜かれたが、パムから受け取ったカタログにも同じ驚きを感じたものだ。外国の情報が少なかった昭和三十年代末期、わたしはパムを通じてアメリカの大きさを肌身に覚えた。

高校一年生のときケネディ大統領が暗殺され、パムからは銀色一色の不祝儀カードが届いた。ピースマークを教えてくれたのもパムだ。反戦を主張する手紙を読んでも、徴兵とは無縁の東京に暮らす高校生には、いまひとつ実感がわかない。ベトナム戦争については、しばらく嚙み合わないやり取りが続いた。

高校卒業後、わたしは社会人になりパムは大学医学部に進学したが、文通は続けた。しかしわたしは結婚を境に書くのがおろそかになり、やがてまったく書かなくなった。住所が変ったことも知らせなかった。文通が途絶えたまま何年か過ぎたとき、アメリカ大使館から連絡を受けた。

「パメラ・××（パムも姓が変わっていた）というひとが、あなたを探しています」

びっくりして大使館をたずねると、宛先不明でミズーリに返送された手紙の束を渡された。そうまでして文通相手を探してくれたパムに、心底から詫びた。嬉しくもあった。

気持ちもあらたに文通再開である。ところが二年も経ぬうちにパムが離婚し、今度はパムからの返事がまばらになった。そして一九七八年のクリスマスカードを最後に、パムとの文通が完全に絶えた。

以来、何度もパムのことを思い出した。が、住所も分からず調べる手立てがないまま、二十数年のときが過ぎた。四月はパムの誕生月……原稿を書き進めていた四月二十五日の未明に、筆を止めてぼんやり思い返した。アイデアが閃いたのはそのときである。

「パムは医者になっている。ことによると、インターネットで探せるんじゃないか」

すぐさま名前をキーワードで検索した。驚いたことに、六百ものレコードが表示された。二十一件目の記録が「×××・パメラ／医学博士／ミズーリ州コロンビア」と書かれていた。わたしは時差も考えずに電話した。

つながった先は病院らしく、留守電である。

「東京から古い友人を探して掛けています」

わたしの名前とファクス番号を残した。もし当人ならファクスを欲しがっていると伝えて欲しい、人違いなら、お手数でもその旨そちらから教えていただけないか……と。

翌日深夜、ファクスがガタンと音を立てて紙を吐き出し始めた。次第に文字が形になって行く。懐かしい手書き文字のわきに、ピースマークが描かれていて……。

「イエス、イッツ・ミー」

インターネットが仲立して、思いも寄らない贈り物を届けてくれた。いまは毎日のEメールが長いブランクを埋めてくれている。

パムは十三歳のわたしが初めて送った手紙も、持っていてくれたそうだ。ワシントンハイツで撮った古い写真も、手元に残っているという。

一度もパムには会っていない。このさきもないかもしれない。会わずとも、遠い日の幼なじみは、わたしのなかで褪せることはない。


（「文藝春秋」八月号）

魔法使いの友達

矢吹清人《やぶききよと》
（医師）

ニューヨークのウッドストックに住むジャスト・アランから手紙が来た。日本という言葉を見るたびに、いつも君を思い出すという出だしで、アメリカの奇術専門雑誌に最近載せた彼の作品を解説した分厚いコピーが入っていて、ぜひ読んでもらいたいと書いてある。

三年ほど前、京王プラザホテルでの、ＳＡＭというアメリカのマジック協会の日本支部のコンベンションに参加したときのこと。

ホテル内の寿司屋「久兵衛」のカウンターで昼のサービスコースを注文して、おしぼりで手を拭いていたら、となりでメニューを眺めていたアメリカ人とおぼしき髭の中年の外国人が、板前に遠慮がちに何か言っているが通じない。余計なおせっかいだが、助け舟を出して聞いてみると

「メニューは見たが、値段が高いので、お茶代だけ払って注文はキャンセルしたい」

とのこと。板前は、もちろんそれならお茶はサービスですからお代はいりませんというので、それを彼に伝えると

「いや、お茶を飲んでしまったのだから料金はお支払いする」

との毅然たる態度。お金がなくて食べないのではなく、自分の考えていた値段ではないから注文しないというアメリカ人らしい合理的な考えと感心。

あるいはと思い

「あなたも、このマジックコンベンションに参加している方か」

と、聞くと、なんと彼は日本の協会から招聘されて、今夜のステージでマジックを演じるプロのマジシャン、ジャスト・アランとわかり、親しみを感じて、つい

「私も日本のアマチュアマジシャン。はるばるアメリカから来られたあなたと不思議な縁でお会いしました。歓迎の意味で今日は私が鮨のランチに招待します。一人で食べるよりは二人の方が楽しい、ぜひつきあってください」

と提案する。言ってしまってから、プライドの高い骨のある人物のようなので、はじめての日本人に鮨をおごってもらうなんてとんでもない、「ノー・サンキュウ」と断られるにちがいないと後悔するが、彼、目を大きく見開いて

「リアリー？（本当か）」

と、まじまじと僕の顔を見る。

「シュア、オフコース（もちろんさ）」

と答えると、意外や意外、アラン氏は、日本の坊さんのように両手を合わせて深々と頭を下げて、これだけは日本語で

「アリガト・ゴザイマス、アリガト・ゴザイマス」

と、喜んでOKをしてくれたのである。
こうなったからには、あのプライドは一体どこへ行っちゃったんだろうなどと思ってはいけないのであって、ネバー・マインド。二人でフレンドリーに鮨をつまみ、酒を酌み交わし、小さな日米親善昼食会が和やかに行われる。あぶなっかしく箸で鮨を取り上げようとする彼に
「トラディショナルな鮨の食べ方を教えよう。手で持って、タネの方を下にして、ちょいとソイソースをつけて、こういう風に一気に口のなかにほうり込むのさ、やってごらん、そう、よーくできた、グッド・ジョブ……」
酒の勢いもあって無責任な講義も行う。

きらびやかなアメリカ風マジックの予想は外れ、アランの演技は、やはり一味違っており、ターバンを巻いたインド人に扮し、大道奇術師が座って演じるスタイルの東洋的神秘的なステージ。大きなガラスのボウルの中の水が何度もかきまぜるうちに次第に砂に変わり、その中にふたたび手を入れてかきまぜると、次々と砂の色が変わるというシンプルだが、はじめて見る不思議なショーだった。ショーの中で彼は、おまじないの度に何度も手を合わせて頭を下げ、あの寿司屋のパフォーマンスは彼の得意技であったと納得する。

ショーが終り、部屋に帰ってビールを飲んでいると、ドアをノックする音。ドアを開けると、アランが立っていた。食事のあと、名刺を交換し、乞われるままに、その裏に部屋の番号を書い

て渡してあったのを思い出した。

「ドクター・ヤブキ、あなたのおもてなしのお礼にうかがいました。おじゃましてもよいでしょうか」

「シュア、プリーズ」

ビールをやりながら話がはずむ。彼はニューヨーク郊外の町で奇術用品の店をやりながら、ときどきはマジシャンとして仕事をしており、先日のニューヨークのＳＡＭのコンテストでグランプリを獲得したので、日本に招待されたとのことである。

「ドクター、あなたのマジックが見たい」

アメリカのプロの目の前でマジックをやるのは初めてだが、どうせこちらはアマチュアと開き直り、一組のカードの中にばらばらに入れた四枚のエースが瞬間に揃う「4エーセス」、三枚のコインが、カードで覆う度に一枚ずつ消えて、最後にカードの下に三枚とも忽然と集まる「ムトベの3コイン・アッセンブリー」を披露。

「グレイト！　では、今度は私がお見せしましょう。あなたのカードを使います。よく切りまぜて半分くらいを取って残りを私にください。私は後ろを向いていますから、あなたが取った中からカードを一枚選び、それを覚えて、このペンで表にあなたのイニシャルをサインして、それを前に出してください」

選んだのは「ハートの8」。表にサインをして裏向きのまま前に出すと
「そのカードを私の持っているカードのどこでも好きなところに入れてください」

カードの束の中ほどにハートの8を押し込むと、彼はそばに置いてあった空のカードケースを取り上げ、その中に、カードの束を入れてぼくの右手に渡し
「ケースの外からカードの束をしっかりと摑み、腕をまっすぐ上にのばして、今覚えたカードを頭で強くイメージして、カードを持っている指先までイメージを伝えてください。イメージ、イメージ、イメージですよ……、もう届きましたか、いいですか？」

「ハイ、では今度は、指先の力をゆっくりとゆるめてリラックスしましょう。プリーズ、リラックス、リラックス……」

すると、驚いたことに、ケースに入れたカードの中から、静かに、スルスルと一枚のカードが裏向きのまま音もなく上がって来た！

「ドクター、あなたが覚えたカードは何ですか？」

「ハートの8です」

「では、そのカードを見てください」

飛び出したカードをひっくりかえすと、紛れもなくぼくがサインしたハートの8である。

「箱の中を見てください。何もトリックはありませんね。それから、ほら、この残りのカードも調べてください。何もあやしいところはありませんね。ドクター、東洋の人は神秘的な力をお持ちのようですね」

そして、彼は「鮨」のお礼に、この不思議なマジックを、その秘密と準備から、演技のやり方、客へのしゃべり方まで、一時間もかけて微に入り細にわたり、ぼくの手をとり、パーフェクトに

伝授してくれた。

　アランが教えてくれたこのマジックは、ぼくのマジックの中でもいちばん得意なレパートリーのひとつとなった。今でもアランは折にふれ手紙をくれ、ときにはこのように新しいマジックを教えてくれたり、本場ニューヨークのマジック界の情報を伝えてくれる、ありがたい魔法使いの友達である。

　そしてこんないきさつで友達になったぼくらは、お互いが、それぞれにとって、志賀直哉の『小僧の神様』であるように思えてならない。なんといっても、この不思議な偶然の出会いの場所が『寿司屋』だったからである。


（「文芸栃木」第五十五号十二月刊）

いとしき生きものたち——三つのプロポ

志《し》村《むら》史《ふみ》夫《お》
（著述業）

（一）　四角い西瓜

科学の分野から言えば、二〇世紀は「物理の時代」だったように思う。二〇世紀に確立された量子論と相対性理論は、われわれに自然観革命をもたらしたばかりでなく、実際に、この世界と社会を良きにつけ悪しきにつけ大きく変えた。同じように科学の分野から二一世紀を予想すれば、多分「生命・生物の時代」になるだろう。もっと、具体的に言えば、私自身は決して望んではいないのであるが、世の中の流れとしては「バイオテクノロジーの時代」になるだろう。

そのような二一世紀初頭の今年（二〇〇一年）の夏、香川県の農家が「四角い西瓜《すいか》」を出荷し、これが東京のデパートで一万円で売られたらしい。この「四角い西瓜」がどれくらい売れたのか、またどのような人が買って行ったのか、私は知らない。それはどうでもよいのだが、私には、この「四角い西瓜」は、私が恐れる「バイオテクノロジーの時代」の幕開けを告げるばかばかしさ一杯の象徴（愚の骨頂）に思えた。もちろん、この「四角い西瓜」などは、「バイオテクノロジー」などと言うほどのものではなく、単なる「悪戯」の類のものだと思うが、これから、「バイオテクノロジー」の名の下に、もっとずっと悪どい「悪戯」が次々に現れるだろう。

新聞記事によれば、そもそも、この「四角い西瓜」の「開発」を思い立ったのは二十年前で、その動機は「西瓜が四角なら、冷蔵庫に入れやすいだろう」ということだったらしい。私は、この「動機」を知って、あまりのくだらなさに啞然とした（もし、それが冗談ではなくて本気だったとしたらの話であるが）。冷蔵庫に入れやすい西瓜を作るために、二十年間も「研究」を続けられる人（科学者？）の気が知れない。

西瓜に限らず、この地球上に存在するすべての生き物の形態は、およそ三十五億年の「進化」と自然淘汰の結果、自然界の合理性と機能性からなるべくしてなったものである。それなのに、冷蔵庫に入れやすいというような、あまりにくだらない動機（と、私は思う）のために、無理やり四角い「お化け西瓜」にされてしまった西瓜が気の毒である。この四角い西瓜を食べた人に、味はどうだったか聞いてみたいが、このような「お化け西瓜」が美味しいわけがないだろう。本来、球形であるべきものが、自然の摂理に反して無理やり四角くされてしまったのだから、美味しくなってくれるはずがない。いくら、冷蔵庫へのおさまりがよい西瓜であっても、それが美味しくなければ、まさしく本末転倒というものであろう。

どうも、科学や技術が発達すると、本末転倒のものが世の中に増えるような気がする。

（二）　クモ太郎

三週間ほど前、台所の天井からぶら下がっている蛍光灯の半球形の傘の真ん中に垂れ下がっている紐の一点と傘の二端を頂点とした二等辺三角形状に張った糸を土台にして、見事な円網を作った体長五ミリメートルほどの一匹の蜘蛛（ゴミ蜘蛛と思われる）に気がついた。普通ならば、このように、家の中に作られた蜘蛛の巣はすぐに掃《はら》われてしまうのだろうが、私が蜘蛛を尊敬している関係上、我が家では蜘蛛の巣はそのまま放置されることになっている。だから、我が家の中や庭のいたる所にさまざまな蜘蛛の巣があるので、私にとって（また家人にとっても）蜘蛛の巣も蜘蛛も別段珍しいものではないのであるが、私が上述の蜘蛛に特別の関心を持ったのは、その円網があまりにも見事なものであったのと、その場所のユニークさのためである。ところで、私がどうして蜘蛛を尊敬しているのかについては、話せば長くなるので、ここでは割愛する。しかし、本稿の端々にその一端は自ずと表れるだろう。

以下に述べるように、私はその蜘蛛に大いなる親近感と愛着を感じるようになったので、我が家にいる黒と白の二匹の犬のうち白い犬を「シロ太郎」と呼んでいることもあって、その蜘蛛を勝手に「クモ太郎」と呼ぶことにした。

最初にクモ太郎の見事な円網に気づいたのは、夜中に喉が乾いたので台所へ水を飲みに行き、蛍光灯の紐を引っ張って点灯した時である。その紐の揺れに同調するようにして揺れる円網とその中心（「轂《こしき》」という）にいるクモ太郎が私の目に飛び込んで来たのである。円網の揺れは平気だったようであるが、急に明るくなったのに驚いたのか、クモ太郎はすばやく傘の縁に逃げ込んだ。安眠を妨害し悪いことをしたなあと思った私は直ぐに蛍光灯を消した。その時、紐を引っ張ったので円網が再び揺れた。

翌朝、クモ太郎の巣を見ると、きれいになくなっていた。私は家人に「昨日の夜、ここに蜘蛛の巣があったんだけど、掃っちゃったの？」と聞いた。家人は「そんなことはしませんよ。あの蜘蛛は朝になる前に、自分で巣を片付けちゃうんですよ」と言った。家人は、私が気づく何日も前からクモ太郎の巣のことを知っていたのである。クモ太郎はほぼ毎日、台所の蛍光灯が豆電球だけになる深夜になると、同じ場所に円網を作り、明け方には片付けてしまうらしい。そして、昼間は傘の縁で眠っているらしい。

それから、毎日、私のクモ太郎観察が始まったのである。

ほぼ十日の観察で以下のようなことがわかった。

●もちろん蜘蛛が網を張るのは餌となる小さな虫を捕るためである。台所の蛍光灯の傘の下などあまりよい場所ではないと思ったが（庭に出ればいくらでも、もっとよい場所がありそうなはずである）、夜、豆電球の明かりを目指して網戸の網を抜けて来る小さな虫が結構いるものである。蛍光灯の傘の下は、毎夜、確実に餌にありつける〝穴場〟であり、また外敵に襲われる心配がない安心できる住み処《か》である。クモ太郎は、我が家では蜘蛛の巣が掃われないことを知っているらしい。

●その餌となる虫は網戸の網という〝フィルター〟を抜けて来るものに限られるので、小さなクモ太郎にとっては適当な大きさに選定された「特上餌」のようにも思えるし、大きな蛾などによって網（巣）が壊されるような心配がない。したがって、我が家のように蜘蛛の巣が掃われる心配がない特殊な環境にあっては、蛍光灯の傘の下は極上の住み処に思える。

●直径二十から二十五センチメートルほどの円網は夜、極めて短時間の間（せいぜい三十分ぐらい）に作られる。
●円網の出来不出来（私から見た美しさ）は、日によってかなりばらつきがある。
●網を作り始めてから、何かが気に入らないのか、途中で止めてしまうことがある。その場合、土台となる二等辺三角形状に張った糸だけを残し、それまでに作った網（つまり糸）を食べてしまってから、再度、網を作り始める。
●完成した円網の一部に霧吹きで水を吹きつけると、その部分をすぐに食べてしまう。これは、水分を摂取するためと思われる。そして、ほどなく、その部分を修復し円網を元通りの形に戻す。
●原則として、朝になると円網がなくなっているが、時々、そのままで、クモ太郎が網の中心にいることがある。これは、体調が悪いせいか、寝坊したためか、どちらだかわからない。
●原則として、毎日、網を作り替えるが、二日ほど作らず、傘の縁でじっとして動かない時がある。これは、体調が悪いせいか、満腹のために餌を捕る必要がないためかわからない。

このクモ太郎が、今日で四日も網を作らない。姿も見えない。
どこかへ旅に出たのだろうか、死んでしまったのだろうか。
私は、こんな小さな蜘蛛一匹のために、毎日寂しい想いをしているのである。

（三）　競走馬の安楽死

よく新聞で、中央競馬で活躍中の競走馬がレース中に骨折したので安楽死させた、というような記事を読む。私は特に競馬というものに興味を持っているわけではなく、競馬を実際に見たこともないのだが、馬を含む動物自体が好きな私は、このような記事を読む度に心が痛む。たとえ「安楽」であったとしても、骨折したぐらいでどうして「死」なせなければならないのだろうか、馬の骨折ぐらいどうして治せないのだろうか、と不可解なのである。当の馬にとっては「競馬」というのはかなり厳しい「仕事」だろうから、一度骨折してしまうともう第一線の競走馬としてはだめかも知れないが、たとえば種馬として、文字通り「安楽」な余生を送らせることはできないものなのか。

大学時代の先輩の一人に、何人かの同好の仲間と共同で中央競馬に出場するような馬を所有している「競馬狂」がいる。先日、ある会合で、その先輩に久し振りに会った時、競走馬の安楽死に対する私の疑問と憤懣をぶつけてみた。

結論として、骨折した馬がギブスをはめてでも四本足で立てる場合、歩ける場合は治療、延命を試みるらしいが、立つこともできないような場合は安楽死させざるを得ないらしい。

体重が四、五百キログラムもある馬の場合、その重量を三本の足で支えるとすると、単純計算で一本の足が支える重量は三割三分増しになる。農耕馬のような頑強な馬ならまだしも、四本の足でひたすら速く走るように、あたかも精密機械のごとく「作られている」競走馬の足は三割三分増しの重量を支えられるようにはなっておらず、蹄が血液循環障害を起こして壊死《えし》してしまう。

このため、馬は耐え難いほどの痛みに狂い死にするか衰弱死するらしい。それなら、足に負担をかけないように、人間のように横になって治療を受けさせればよさそうなものだが、これもだめらしい。馬は寝返りが打てないので数日間で「床擦れ」を起こし、敗血症になってしまうというのである。それなら、ハンモックのようなもので馬を支えれば足にも負担がかからないし「床擦れ」の心配もないのではないかと、何とか骨折した競走馬を助けたい私は必死で食いさがる。結局、これもだめであった。つまり、この場合は四、五百キログラムの体重を腹で支えることになり、それが腹痛につながってしまう。また、いずれにせよ、競走馬自身、自分が「動けない状態」というのはまったく想定していないので、動けなくなるとストレスが溜まり、それが腹痛を引き起こすと言う。私は「腹痛ぐらいなら胃腸薬、特に身体に負担をかけない漢方薬で何とかなりそうだ、しめしめ」と一瞬思ったのだが、何と、馬にとって腹痛は命取りになってしまうと言うのだ。

こんなわけで、誠に残念ながら私の「万策」は尽きた。

人間の「競馬」という楽しみのために、競走馬は、より速く走るために何代にもわたって「改良」に「改良」を重ねられた結果、極めて特殊な「馬」になっているのである。骨折したぐらいで「安楽死」させられてしまうのは、およそ三十五億年の生命の歴史から見れば、そのような「改良」に「改良」を重ねられた時間はあまりに短いから、「競走馬」は自然の生物としての馬とはかけ離れた「馬」でありながら、馬であり続けるための悲劇なのであろう。

（「在（Ｓｅｉ）」第十号十二月刊）

生きるということ

西《にし》木《き》正《まさ》明《あき》
（作家）

去年の秋、と言ってもまだせいぜい二、三カ月前のことだが、ひさしぶりに赤道アフリカで一カ月近くを過ごした。アフリカが好きで、これまでも何度か足を運んでいるが、これほど長期間滞在したのは、およそ十年ぶりのことである。

今回おもに過ごした場所は、ウガンダとタンザニア。ウガンダはビクトリア湖の北岸にある、南部は熱帯雨林、北部はサバンナとナイル川ぞいの湿地帯という国だ。首都のカンパラは高層ビルが林立して、一見したところでは日本やアメリカの地方都市とみまがうばかりの近代的な都市である。

しかし、一歩街を出ると、そこはやはりアフリカ。道路の舗装はじきに途切れ、赤土の泥道が地平線まで続いている。道沿いに点在する集落には、昔ながらの草葺屋根の家が肩を寄せ合うようにして建っている。集落の中に入っていくと、放し飼いのニワトリが路上を走り回り、家々の間を山羊の群れがすり抜けて行く。

昼は近代的に見えたカンパラの街も、日が落ちてあたりが暗くなるころから、雰囲気が変わってくる。そこかしこに路上生活者が座りこみ、こちらが外国人だとわかると、すかさず物乞いの手を伸ばしてくる。

盛り場のナイトクラブには、コーヒー色の肌に厚化粧をほどこした夜の姫君たちがたむろし、カモを狙っている。彼女たちの大部分は、いまだ電気すらない熱帯雨林やサバンナの奥地から出てきている。

仕事が早めに終わった一夜、そういう店でいっぱいやった。当方がよほど物欲しげな顔をしていたのか、あるいは馬鹿丸出しのカモに見えたのか、ひっきりなしに声がかかる。

酒を飲むくらいの気力はあっても、朝早くからTVドキュメントの取材で走り回っている身には、とてもじゃないが無理なお誘いである。適当にあしらっているうちに、どうやらあきらめてくれたが、そうなればそうなったで、なんとなく悪いことをしたような気になってしまった。なぜならアフリカの夜の姫君たちは、たとえば日本の風俗などで、贅沢するカネ欲しさに働いているお姉さんたちとは、根本的に違う立場にあることがわかっているからだ。アフリカ、とりわけ世界最貧国がくびすを接している内陸アフリカの国々では、苦界《くがい》に身を落としている女性たちの大半が、一族郎党のために働いている。極端な場合は、ある集落に住む人々全員の生活が、ひとりの女性の肩にかかっている。

誤解を恐れずに言うならば、われわれ飽食している立場の者たちがふりかざす倫理や正義感など、屁のつっかいぼうにもならないような人々が、まだ地球上にはたくさんいる。そういう人々にとっては、自分たちがやっていることは、生存し続けるための手段、サバイバルであって、先進国という安全地帯に住む飽食者たちからあれこれ言われる筋合いなどないということだろう。

サバイバルといえば、タンザニアの一部であるインド洋上の小島ザンジバルでは、サルが熾烈なサバイバルを展開していた。ザンジバルには、この島だけに棲息するといわれるレッド・コルブスというサルがいる。かつてレッド・コルブスは、ザンジバル島のどこででも見ることが出来た。それが現在は極端に数を減らして、島の北部の一画に棲息するだけである。そうなった原因はここでも人間による開発で、レッド・コルブスが好んで食べていた葉をつける木を伐採して畑にしてしまったためだ。

最後に生き残った少数のレッド・コルブスたちには奇妙な習性がある。それを確認するために、彼らの棲息地に出向いた。数が少ないというわりには、レッド・コルブスは簡単に見つかった。なまじ少数であるぶん居場所が限られていて、群れを見つけるのがたやすいのだと、案内してくれた地元の人が言っていた。

ザンジバルを含むアフリカの人々は、われわれ日本人と同じく、日常の煮炊きに薪炭を使う。かつてわれわれのまわりにたくさんあった炭焼き小屋を、そこかしこで見ることが出来る。レッド・コルブスには奇妙な習性があると先に述べたが、実はそのことと薪炭が結びついているのだ。わたしたちを案内してくれた地元の人が、目の前にそびえるユーカリの木を指さした。

「ごらんなさい。たくさんいるでしょう」

彼の言うとおりだった。高さ十メートルくらいのユーカリの枝に、かれこれ十五匹ぐらいもの毛の長い中型のサルが取りついて、さかんに葉をむしりとって食べていた。

「あれがレッド・コルブスです。彼らがユーカリの葉を食べるようになったのは、つい最近になってから、具体的にはおよそ半世紀足らずのことなんです。それまで彼らは、ユーカリの葉など絶対に口にしませんでした」

ガイド氏の説明によると、ユーカリの葉にはかなり強い毒性を持つアルカロイドが含まれている、という。

「それでもなお、レッド・コルブスがユーカリの葉を食うのは、ほかに食料となる物がないからです。そして、中毒しないための手段としてこれを使うのです」

ガイド氏はそう言って、ぶらさげていたズダ袋の中から、黒い物をつかみ出した。

「炭じゃないですか。そんな物をどうするんです」

驚いて質問するわたしに、漆黒の肌を持つガイドは白い歯を見せて笑って見せてから、手にした薪炭をひとつかみ、ユーカリの木の下に放り投げた。次の瞬間、それまで木の上で葉を食べていたレッド・コルブスが、どっと下りてきた。そして、根元に散らばっている薪炭を我先に拾った。

首尾よく薪炭を手にしたサルは、ひさしく餌にありついていなかったかのように薪炭にむしゃぶりつき、ばりばりと音をたてて食べている。それを脇から奪おうとするサルもいて、あちこちでケンカまではじまった。

異様な情景であった。茫然として見とれているわたしの耳元に、ガイド氏がささやきかけた。

「おもしろいでしょう」

「おもしろいどころか……。それにしてもこいつらはなぜ、薪炭なんかを食べるんでしょうね」

「正確なところはまだわかりませんが、彼らがユーカリの葉を食べはじめた時期、人家から薪炭の盗難があいついだんです。当初は人間による盗難事件だと思われていましたが、レッド・コルブスが薪炭を盗んでいる現場を目撃されるに及んで、犯人はこいつらだということがわかりました。そして、レッド・コルブスの生態をくわしく調べた結果、薪炭を食べるのは、ユーカリの葉を食べた直後だということがわかったのです」

「そしてそれは、ユーカリの葉に含まれる有毒のアルカロイドと関係がある……？」

「そうです。水の浄化に薪炭を使うことでもわかるように、薪炭は毒消しというか、そうした物を取り込んでしまうでしょう。なにがきっかけかはわかりませんが、ユーカリの葉を食べて中毒したレッド・コルブスが、たまたま薪炭を口にし、症状が消えたということがあったのでしょうね。それが彼らの間で世代を超えての経験則になったのでしょう」

アフリカで、食料不足できついサバイバルを強いられているのは、人間だけではなかったのだ。それにしても、有毒の食物を主食にせざるを得なかったサルが、生存のための手段として薪炭を摂取するなど、一般常識では考えられないことである。

生きるということがすなわち物理的な生存を意味するということは、ロシアでも実感させられている。極東ロシア最大の都市ウラジオストクのホテルに投宿した時のことだ。

部屋に入ってすぐ、電話がなった。受話器を耳にあてると、男の声で流暢な日本語が流れ出てきた。

「社長！　わたしはポン引きですが、美しいガールフレンドはいりませんか？」

自分をポン引きというポン引きに出会ったのははじめてだ。ガールフレンドを必要とするほどの元気はなかったが、その言い方があまりにおかしかったので、会ってみることにした。その旨を伝えると、ポン引き氏はカモがひっかかったとばかりに勇み立ち、

「一階のバーで、両脇に美女を従えてお待ちしてます」

と言う。言われるままにバーに出向くと、年の頃は三十代半ば、両側に美女を従えた金髪碧眼、アルマーニのスーツをびしりと着こなした美男のポン引き氏が、満面の笑みをたたえて迎えてくれた。

いっぱいやりながら、しばらく言葉を交わした。彼によれば、自分はソ連崩壊前までは官公庁に勤めていた役人だったし、ふたりの美女は正真正銘の現役大学生だということ。あながち嘘でもないことは、彼らとの会話でじきに納得出来た。いずれもなかなかの教養人で、所作もきちんとしていたからだ。

それを知ったわたしは、ついよけいなことを言ってしまった。

「あなたはなかなかのインテリだし、このお嬢さんたちは才色兼備の才媛ではないか。なのにどうしてこんなことをするのか。もっと生き甲斐、やり甲斐のあることをしたらどうか」

ポン引き氏の顔から笑いが消えた。凄味のある表情になり、上目遣いにわたしを睨んでこうのたまった。

「社長、現在のロシアでは、イキガイだとかヤリガイなどというカイを食べても、生きていけま

せん」

わたしは自分でもわけのわからない弁解を口にして部屋に逃げ帰った。

生きるといえば、われわれはすぐ生き甲斐だとかなんとか言いだすが、この地球上にはまだ、生きることはすなわち物理的に生存することを意味する人々が、何億人もいるのである。二十世紀末に出会ったアフリカの人々や炭を食うサル、そしてロシアで出会ったあの人々が、無事に新しい世紀を迎えられることを祈りたい。

（「オール讀物」一月号）

魔女の躾《しつけ》

松《まつ》岡《おか》佑《ゆう》子《こ》
（静山社社長・翻訳者）

ダンとアリソン夫妻に「ハリー・ポッターと賢者の石」を紹介されたのがきっかけで、このシリーズの翻訳が私のライフワークになるのだが、同時に、イギリスの家庭での躾《しつけ》ぶりを身近に見ることになった。九歳と六歳の二人のかわいい男の子は、私から見ると十分に良い子たちなのに、夫妻の躾の厳しさにはいつも驚かされる。

食事のとき椅子にきちんと腰掛けないと、たちまち「食事の間はモゾモゾ動かないで！」と激しい声が飛んでくる。子供がメソメソしようが、言い訳しようが、許さない。驚くほどの厳しい口調で叱りつけ、しかも大人に対すると同じようにきちんと理由を説明する。傍《そば》で見ている私のほうがオロオロすると、「大人になってから恥ずかしい思いをしないよう、小さいときに、守らなければならない社会のルールだけはしっかり教えておくのが親の務めです」とキッパリ。

ハリー・ポッター・シリーズが児童書として世界中で四〇〇〇万部も売れ、日本でも二〇〇万部も売れたとなると、その翻訳者兼出版社として、やはり子供の教育に目が行く。特に日本の社会では、子供と接する時間の長い母親の役割が大きいと思う。そこで、ハリー・ポッターの物語に登場する何人かの母親の中から、第二巻までに登場する三人を紹介し、その躾ぶりを見てみたい。

一人はハリーの亡くなった母親リリー。当然魔女だ。二人目はハリーの従兄《いとこ》ダドリーの母親ペチュニアで、リリーの妹だがマグル（普通の人間）だ。三人目はハリーの親友ロンの母親で、七人の子持ち、魔女のモリー。三人とも物語の中の人物だが、子供に対する愛情や躾のしかたが作者のJ・K・ローリングの考え方を反映していて興味深い。

リリーは物語の最初に死んでしまうので、その人物像（魔女像？）は明らかではないが、ハリーに対する深い愛情が描かれている。生まれたばかりのハリーが邪悪な魔法の呪《のろ》いで殺されそうになったとき、ハリーを守って自らの命を失う。どんなにハリーに心を残して死んだことだろう。名校長ダンブルドアがハリーにこう言う。「それほどまでに深く愛を注いだということが、たとえ愛したその人がいなくなっても、永久に愛されたものを守る力になる」。作者のJ・K・ローリングは二十五歳のときに母親を失う。その悲しみがハリーの悲しみと重なり、切々と物語に書きこまれている。ここには無償の愛で子供のために命を投げ出す母親像があり、その心を支えにハリーは邪悪な力に立ち向かう。

リリーの妹、ペチュニアは魔法など「まともではない」ものは頭から信じない。常識にどっぷりつかって生きることを誇りにしている。息子のダドリーを溺愛《できあい》し、わがままいっぱいに育てた結果、ダドリーはブクブク太り、気に入らないことがあるとわめきたて、結局なんでも思いどおりにしてしまう、にくたらしい子供だ。しかし、J・K・ローリングは、ダドリーが悪いのではなく、むしろ母親の育て方が問題だという。アリソンの厳しい躾ぶりを見るにつけ、イギリス人が躾を非常に大切なものと考えているのがわかる。

モリー母さんは小柄で小太り。しっかり家庭をまもる主婦で、貧乏だが温かい家庭を築いている。七人の子がいるが、そのうち二人が学校で最優秀生に選ばれたことが嬉しくてしょうがない。一方悪戯《いたずら》な双子に手を焼き、ものすごい剣幕で叱りつけ、厳しくおしおきするが、じつはどの子も同じようにかわいくて、子供たちが危険な目にあうと身も細る思いで心配する。そして親のないハリーをわが子のようにかわいがる。その懐に抱きしめられるとき、ハリーは「母親ってこんなものなのだろうか」と心が安らぐ。この厳しさとやさしさが、作者の理想とする母親像なのだろう。

ハリーの世界の楽しさの一つは魅力的な登場人物だ。ハリーには親がいない。しかし、それにかわる先生や友人がハリーを育てていく。魔女たちの躾でこれからハリーはどんな青年に成長していくのだろう。七巻が完結する二〇〇三年まで楽しみだ。

（「潮」一月号）

ケータイを捨てよ、書を取れ

小谷野《こやの》　敦《あつし》
（明治大学講師）

実を言うと、大学時代、私は劣等生だった。

などと言うとまた、「だけど東大の、だろ」と言われるかもしれないが、まあ聞いてほしい。遠い昔、桐島洋子氏は、貧家の子弟が刻苦勉励して東大へ入っても、勉強もできれば遊びもうまいというような「エリーテスト」がわさわさいるのですっかり意気阻喪してしまう、と書いていた（その桐島氏も、今では夫にサントリー学藝賞を与える権力者である）。実際、そのせいで東大生の自殺率は高いという話を読んだことがある。確かにそう。第二外国語のドイツ語はもちろん、英語でさえろくにわからなかったし、哲学の授業では突然「アリストテレスは逆説である」とか言いだすし、それでも怖いのは周りの連中がそれがわかっているらしいことだった。半年経って成績表を見たときは、パニック状態に陥ったくらいだ。

確かに勉強はサボっていた。しかしこれで、スポーツに夢中になっているとか演劇活動をしているとか女遊びに忙しいとかいうならまだかっこいいが、私は小説を読んだり映画や芝居を観たりしていただけだった。もっとも、それなら文学部へ行くような学生としては昔からあるタイプと言えなくもない。しかし、文学系の大学院へ一浪してようやく入っても、この「劣等生感」はなかなか消えなかった。たとえば、ボードレールを扱った授業に出ると、路上の貧民がどうとか言っている。だが、それが何で「詩」になるのかがわからない。あるいは都市論などというものが流行っていたが、それにどういう意味があるのかわからない。ロラン・バルトの『テクストの快楽』を読んでも、何が快楽なのかまるでわからない。

それから十数年経って、しかしそういう「劣等生感」が克服されたというわけでもないのだ。『現代思想』とか、『批評空間』とか『大航海』のような雑誌を見ても、時にもう、何を言っているのかさっぱりわからない論文や対談等があるし、書店へ行ってもまあ相も変わらず西洋渡りの新意匠を凝らした抽象的そうな難解本の類からは目をそむけ、『なぜ美人は得をするのか』なぞという本に出会うと目を輝かせてしまう。情けない。もっとも、難解論文の著者の中には、バカがばれないために難解文を書いているという類がけっこういるのだけれど、そういうごちゃごちゃした話は、ここでは措こう。

前に書いた本でちょっと触れた、学生時代に観た山田太一脚本の『真夜中の匂い』というドラマで、林隆三扮する中年のカメラマンが、女子大生の中村久美に南米の話を始めて、「ジョージタウンはガイアナの首都、ギアナの首都はカイエンヌ」と言い、中村が「よく知ってますね」と言うと、「学歴がないんで、劣等感から世界中の国の首都を覚えた」というような趣旨のことを言ったのである。私は学歴がないわけではないが、けっきょく私が選んだのは、このカメラマンと同じ道だったように思うのである。意識的にそうした、というのではない。小学生のころから歴史は好きで、シナの歴代王朝名を諳《そら》んじていたりしたし、その後は歴代天皇の名前まで覚えたし、首都までは覚えていないにしても、世界中どこの国名を言われても、それがどこにある国か言える。サントーメ・プリンシペでもアンティグア・バルブダでも。意識的に、理論よりも事実を武器にしようと思うようになったのはごく数年前からだ。

ここで気になるのは、教育界に根強い「詰め込み教育批判」と「自分の頭で考えさせよう」といった風潮である。実際には、ろくに知識のない者が自分の頭で考えても、小学生ならいざ知らず、それ以上のレベルでは、高《たか》が知れている。バカは、まず詰め込まなければいけない。詰め込み教育こそ、バカ向き教育なのである。バカをこじらせないためには、頭を酷使したほうがいいのだ。寺山修司が「書を捨てよ、町へ出よう」と言ったのは、そのころの大学生が「書」を読んでいたからである。今は、そう言ってはいけない。バカ同士が駄弁を弄していよいよバカになる装置たるケータイを捨てて、書を取れ。

(「ちくま」二月号)

おぼろ昆布

大《おお》内《うち》侯《きみ》子《こ》
（エッセイスト）

もう何年前になるだろう。ある日、ひさびさに逢った年輩の女友達から、小さな包みが手渡された。家に着いて開くと、昆布である。だし昆布ではなく、はっとするほど美しいおぼろ昆布。「太白おぼろ昆布」と書かれてあった。

当時私は、おぼろ昆布ととろろ昆布の差異もよくわからなかったのだが、驚いたのはその色と風合いである。色は、よく目にする、くすんだ草色ではなく、ふんわりとした乳白色。まるで羽二重を思わせるしっとりとした光沢があった。おぼろとはよく名づけたもので、透き目のある、紙よりも薄い生地には白みがかった浅い緑が差し、露わでないそのさまは、私に着物好きの贈り主の絽の着物を想い出させた。

一枚《ひとひら》をそっと手に取る。掌よりも大きい、ひらひらとした軽やかさを口に含む。

しゅわしゅわ、と縮み、溶けるうちに、日溜まりを思わせる、甘みを湛えたうまさがじんわりと溢れる。さらにもう一枚。今度は、二、三十センチもの長さ。ほのかな酢の酸味と、それに勝る昆布の熟れた味わい。その風姿のかそけさとうまみの力強さとの対比も、また重さのない薄衣が舌に纏わり、くすぐる触感もおもしろく、私は、憑かれたように食べ続けていた。これが、おぼろ昆布なのだ、と。

その後も、時折忘れた頃に件《くだん》の友人から届くのをいいことに、自分で購《あがな》うこともなく、幾年もが経っていったのである。

今年の春、ついに敦賀にあるその昆布屋さん、奥井海生堂を訪ねた。大本山永平寺御用達の扁額がかかった老舗《しにせ》である。おぼろ昆布が目的であったわけではないが、店に入るやまっさきに目に留まったのは太白おぼろ昆布であった。傍には幾種類もの、おぼろ昆布やとろろ昆布が並んでおり、あらためて手削りの太白おぼろ昆布がどれほど極上の、貴重なものであるか、を知ったのである。

敦賀は、「昆布ロード」の名をもつ、北前船の中継地として隆盛を極めた港である。往時、大量の昆布を京都に運ぶには、敦賀から陸路を琵琶湖北端の塩津や大浦に運び、そこから湖を船で大津まで運ぶのがもっとも効率がよかったようである。今日も、おぼろ昆布の八十五パーセントは敦賀で生産されるという。

昆布は道南産の真昆布。選別の後、三倍の水で薄めた酢水に漬ける。味つけは、これだけ。あれほど豊かな味はすべて昆布そのものの味だそうだ。ただし、その昆布の味を余すところなく抽《ひ》き出すのは、酢の力であり、漬け込みの勘であろうと思いきや、それ以上に大きく味を左右するのが、削りの腕だという。あの美しさは見た目ばかりか、そのまま味わいに繋がっているのだ。奥井海生堂の職人、十五人の中には削り昆布ひと筋五十年の老練者もいる。

削る際には、昆布の両端（紡錘型の断面の両端、つまり両サイド）を断ち切る。職人は、腰をおろし、独特の格好で削る。右足と左手で長い昆布をぴんと張り、右手に持った包丁をやや斜めにあて、薄く、長く、削るのだ。はじめに表面の黒っぽい部分を削ったものが黒おぼろ昆布。その内側の白い部分を削ったものが、太白おぼろ昆布である。

よく研いだ包丁の刃先に入れた一ミリもない微妙な曲がりの技法（これをなぜか「あきた」と呼ぶのだが）が、端から端まで均等の厚みのおぼろ昆布を生み出す。同じ昆布なのに、削る人によってまるで味が異なる不思議。一方、それをかくほどに夢中になって愛《め》でる日本人の味覚の不思議。ちなみに、とろろ昆布は、削り方が異なり、細く糸状に仕上げたものである。

春先はじめて買ったおぼろ昆布を友人にも届けねばと思っているうちに、彼女の訃報が届いた。寝込むこともない急逝であった。初秋に再度取り寄せた折に考えた。そうだ、今度は私がこのおぼろ昆布をおいしいもの好きのだれかに贈ることにしよう。

（「婦人公論」十一月七日号）

考える場所——司馬遼太郎記念館

安《あん》藤《どう》忠《ただ》雄《お》
（建築家）

司馬さんは歴史を通して、常に現代を見据えていた。かつての美しかった日本人の心、精一杯生きる人間の勇気と気概を描きながら、現代の精神の荒廃、公の秩序の崩壊を心から嘆いていた。司馬さんの小説は、そのほとんどが時代の転換期、時代の胎動期における人間の生き方を描いたものである。緊張感のある歴史風景の中で、登場する人物達は、誰もが人間としての気概、誇りを持って、それこそ燃え尽きるまでに、真剣に生きている。どれほど困難な現実に直面しようとも、決して逃げることなくその流れに立ち向かい、精一杯の力を尽くす。

司馬さんは結局、大きな時代のうねりの中で個人の果たし得る力というものを信じて、その可能性を証明するために小説を書いていたのだと思う。一人一人の人間の〈生〉こそが国を動かし歴史をつくってきた、この日本という国のありかたを心から愛し、愛するがゆえに警告を発し続けた。私が司馬さんに惹かれるのは、その憂国の言葉に決して完全な絶望がないところである。どれほど先の見えない暗闇に苦悩していても、決して希望を忘れず、その先に光を見ていた。日本と日本人を最後まで信じ続けた。私達は司馬さんの綴る言葉の裏にあるその心に感動し、励まされる。作家司馬遼太郎は文字通り、二十世紀日本の知の巨人であった。

司馬遼太郎記念館は、この稀有な作家の足跡を後世に伝える場である。

私は、この建築を単に故人の資料文献を保存するだけの資料館ではない、作家司馬遼太郎の心を、来館者が少しでも感じ、共有できるような場所にしたかった。だから、ここでは司馬さんが生前に考え、執筆活動を続けた創造空間を、形こそ違えそのままに建築として現わすことを主題とした。

何より、人間が考えるための場所をつくりたかった。

記念館の全体は、司馬さんの自宅と、それに隣接して今回新たに計画した新館とで構成される。その新館の中心となるのが、特別展示室〈司馬遼太郎・もうひとつの書斎〉だ。天井高、十一メートルに及ぶ壁面の全てを書架で覆い、そこに蔵書から自著本に至る書籍、自筆原稿や愛用品を収め、展示する。文字通り、司馬さんが生涯を通して、背負ってきた本で囲い込まれた空間である。

発想の原点は、計画にあたり見学させていただいた、司馬邸の書斎だった。そこで驚いたのは、原稿執筆の際に集められたという膨大な資料文献である。生前、司馬さんが何か新しい本を書かれる度に、神田の古本屋街から、ある特定のテーマに関する書籍類が忽然と姿を消したという逸話を耳にしたことがあったが、確かにその分量は私の想像などはるかに越えた凄まじいものだった。

「司馬さんの『坂の上の雲』や『菜の花の沖』に綴られた一語一句の重さの理由がここにある」そう感じたとき、自然つくるべき空間のアイディアが頭に浮かんでいた。

うずたかく、層をなす書架で四周を囲われた空間は、まるで地下深くに居るかのようにほの暗い。その闇に差し込む光として、私はぼんやりと外の光を映し出す白いステンドグラスを考えた。ステンドグラスを構成するガラスは、一枚一枚全て大きさと表情が異なる。その不揃いなガラスは司馬さんが信じ続けた人間一人、一人の異なった人格と存在感の象徴であり、それらを通して差し込む微かな光は、司馬さんの夢と希望の象徴である。この光が、人々が作家の創造世界を追体験するための道標となれば、そう期待して計画を進めていった。

司馬さんは、ふつう庭木としてあまり使われないような雑木、道端に咲く野の花を愛したという。自邸の前庭には、その雑木が全く自然のままに、精一杯に生い茂っている。私にはそれが司馬さんの文学を理解する上での、非常に大切なことのように思われた。

新館の前面を覆うように植えられた植栽は、この司馬さんの愛した雑木の森の拡張である。これらが生い茂り、司馬さん宅の前庭と一体となったときが、本当の意味での記念館の完成だと私は考えている。

本を手に取り、雑木林を歩き、心と身体で司馬さんの心の世界を追体験する。来館者一人一人が、司馬さんから手渡されたメッセージを受け取り、自由に、自分なりの思索の時を過ごせたらいい。ただ、その後で何か人々の心に残るものがあればと、そう願ってやまない。

(「文藝春秋」十二月号)

干支《えと》の宿命

阿川《あがわ》佐和子《さわこ》（文筆家）

自慢じゃないが、今年（二〇〇一年）、私は年女である。いくつであるかはご想像におまかせする。「そうか、二十四歳になったのか」と言われたら、黙ってニッコリ頷くことにしよう。

年女ということは、すなわち巳年である。「君はヘビだったか」と認知されたとき、その方の心の内には瞬間的に、「コワイ……」という意識が働いたと察せられる。そこで私はニタリと微笑《ほほえ》み、さらに一言、付け加える。

「巳年の上に、さそり座なんですよ」

この段階で、だいたい人は黙りこむ。はたまたさりげなく身を引く。「コワイ……」が二乗になり、どうにもこうにも誉める手だてが見つからないらしく、「へえ」なんて反応しながら、力なく苦笑するのである。

しかし当人としては、それほど困った運命だとは思っていない。むしろ、希少価値ではないかと喜んでいる。なにより、相手にさりげなく脅威を与えるチャンスとなる。いざというときゃ、しつこいわよお、怒ると怖いわよおおと、暗黙の脅しをかけられる。

人間には意外性が必要である。そうであろうと思ったら、そのままだったというより、意外にこうだったと驚くほうが印象に残りやすい。怖い顔の人が、突然、微笑んでくれたとき、その笑顔は、優しい顔の人に微笑まれたときの百倍の値打ちを持つ。年中、怒っている人の怒声より、静かなる人に怒鳴られたほうが効き目がある。私の場合、チビな上に調子よく、誰にでもなつく癖があるせいか、ナメられやすいタイプらしいが、そんなとき、「巳年さそり座」を標榜すると、少なくとも数分間は効果がある。

もっともどうして巳年やさそり座が、「コワイ」と思われるのか、確たる理由を知らない。おそらく見た目の印象ではないだろうか。

たとえば亥年の人は、猪突猛進と言われるが、実際、イノシシが脇目も振らずまっしぐらに突っ走るからこそ、そういう性格づけをしたのだろうし、未年は、「一見、おとなしそうだが、内面はしっかり者で頑固」と言われ、なるほどヒツジを見ていると、メエメエと優しい声で鳴きながら、案外、気が強い。丑年の人間はよく、昔のことを蒸し返すそうで、それは牛の反芻機能からの連想であろう。

その伝でいうと巳がなぜコワイかと言えば、つまりニョロニョロと気持ちが悪く、ぬったり冷たく、そのヌンメリザラザラ感触の身体にまとわりつかれたら簡単には逃れられそうにないイメージだからではないか。その上、強烈な毒を持っている（毒蛇に限るが）。そこはさそりも同様だ。一刺しで、相手の命を容赦なく奪う、その冷酷さ。それを女がダブルで持っているとなれば、そうとう「コワイ」と思われるのは無理もない。

「しつこく恨むタイプでしょ」とか「一度、好きになったら粘着質でしょ」と、いかにも悪女のレッテルを貼られる。さらさら自覚はないけれど、もしかするとそういう性格を内に秘めているのかもしれない。

しかし、そもそも人を恨み続けるには、かなりのエネルギーを要すると思われる。エネルギーと記憶力が必要不可欠だ。この二つをしっかり持ち合わせていないと、長い間、恨むことはできない。

その点において、私はダメである。まず、記憶力が欠落している。なんでもすぐ忘れる。ことに、自分にとって都合の悪い、思い出したくない不快な記憶は、どんどん削除抹消する傾向にある。

かつてどうしようもなく悔しい目に遭って、「生涯、許さないぞ」とあるオトコを恨み始めたが、数年後にひょっこり再会し、つい、知った顔だと思ったとたん、「どうも」と調子よく挨拶してしまった。その直後、「そうだ、私はアイツを生涯、許さんと決めたんだった」と後悔したが遅きに失した。

それ以来である。恨むことは性に合わないと諦めた。恨もうと思っているうちに、その緊張感で肩が凝り、誰の前でどの顔をするべきかを判断するだけでくたびれ果てる。せっかく授かった執念の巳ではあるが、残念ながら長続きさせる能力がないと見た。

巳年の利点は、「お金に苦労しない」ことらしい。それはちょっと合っているかもしれない。とんでもない金持ちになる素質はないけれど、少なくとも貧乏のどん底で苦悩した経験はない。まことにありがたい話で、もちろんそれは親と環境のおかげであるが、元来の性格に因るところも多少あると思われる。自分で言うのもナンだが、どうも私は子供のころから、お金を使うより、貯めることに喜びを感じるタチである。貯金箱を振ったときの音と重さが、日ごと大きく重くなっていくたびに、ニンマリと笑いがこみ上げる。大人になって初めて銀行に口座を開いたとき以来、銀行へ行く最大の楽しみは、なんといっても記帳である。おお、増えたぞ。オホホのホと、通帳を眺めながら出口へ向かうときの顔は、誰にも見られたくない。

お金を貯めて、なにをしよう、なにが欲しいという目標も欲もあまりない。むしろ、ごっそり使ったあとの恐怖のほうが嫌いである。中学二、三年生の休日に、たった一日で千円使い果たして、心の底から後悔した、あのときの感覚が、いまだに尾を引いている。これを世間ではケチと言うらしいが、つまり根が小心なのである。

友達に、通帳をいつもマイナスにしたまま平然としている人がいるが、ああいう剛胆な真似はできない。だから恒常的に、チマチマ貯めている。チマチマと塵も積もれば山となる感覚が好きなのだ。もしかすると私は、ヘビとアリの混血か。

巳は寒がりでもある。寒いと動けない。とぐろを巻いて、うずくまるのが趣味である。数年前の年末、親の家へ戻って「寒い寒い」と毛布を腰に巻き、ソファにうずくまり、その格好で、寝坊して昼過ぎに起き出してきた丑年の弟を激しくどやしつけた。そのとたん、それまでずっと家中を忙しそうに走りまわっていた卯年の母が、足を止めて呟いた。

「まったくヘビは、とぐろを巻いているかと思えば、突然、獲物に嚙みつくのね。因果なウサギはピョンピョン働き続けるばかりなり」

たまたま授かった干支ではあるが、それぞれに定められた宿命は、たしかにあるのかもしれない。

（「銀座百点」一月号、講談社刊『いい歳旅立ち』所収）

犬たちと私

水谷《みずたに》八重子《やえこ》（女優）

私の周りには常にいつも犬がいた。

記憶が曖昧な、ちっちゃなお子ちゃまの頃から、犬という動物と一緒に暮らしていたように思う。毛足の短いツルツルした感じのテリア系の黒い犬が多かったような気がする。

はっきりと記憶に残っているのは、戦争中に疎開した熱海で飼っていた犬からだ。

たしか母は、ブラックスタンテリアっていう種類の犬なのよ、と言っていたように思うが、戦争中に妙に外国外国した種類で、今思うと「？」なのだが、今更もう聞くすべもない。

付けた名前も「ピーター」ってんで鬼畜米英の時代には国賊ものだったかも知れない。

かのピーターは黒のドーベルマンを、やや小型にしたような、精悍なヤツだった。都会を離れて、山の中のほぼ一軒家だったから、都会ッ子の私は、いつも常に何かに脅《おび》えて怖がっていた。垣根らしい垣根もない広い庭、高い黒板塀に守られて育った私には、裸で外にほっぽり出されたような不安な気分の毎日だった。

熱海も「貫一お宮」の海岸から離れて山の方に行くと、急な坂道だらけの町だった。イヤになるほど石垣の続く坂道を上がって、不意に右の石段の、これまたイヤになるほど続いているのが見えて、それが熱海のお別荘へのショートカットの近道だ。大人の足がやっと乗っかる幅の石段だ。びっくりするほど急な石段だ。その石段を、たしか九十七段登ったところが熱海の家の入り口だ。いや、九十七段目は正確には庭の木戸の入り口だった。

それから更に十数段上がると、横から来る道にぶつかって、ちょっと開けて玄関口の見える日本風な門があった。門といっても、侵入者から守ってくれるような門じゃない。数寄屋風なちょいと小屋根が付いていて格子戸がはまっていて、申し訳のような三センチ位の鍵が付いている。とはいっても、縦にしてくりくり回す、おもちゃのような、あの昔の鍵なのだ。

外は鬱蒼と大木が茂っていて昼なお暗い。

夜になんかなったらたまらない。梟《ふくろう》が地獄の使者のような声で「ほぉー、ほーぉ」と暗らーく鳴く。背中がズズズッとサブイボ立って寒くなる。

そこへ持ってきて、一緒にいて私を守ってくれるのは、私の教育係の母の姉と、母のマネージャーのお母さんと、私の父のお母さんだった。教育係のアーチャマは、母と二十歳も歳のはなれた長姉だ。森のなかで小さなプリンセスを守るのは、三銃士ならぬ三人のお婆ちゃん。子供心にも頼りない不安な日々だった。

その上、教育係のアーチャマの教育がこれ又、恐い。曰く、「お箸や長い物はお口にくわえてはいけません。もし後ろから突かれたら、喉を刺してしまいます」

私が箸をくわえるのを待って私をド突く人がいるのだって、素直に私は脅えてしまう。

「紐とか手拭いとかバンドとか、長い物をそこらに出して置いて、首を絞められたらどーします」だ、誰かが首を絞めに来るのだ、と私はすっかり恐くなる。

「明日の着る物は用意しましたか？」

次の日に着る物を、寝る前にすっかり揃えて、風呂敷包みにして枕元に置いて置かなくてはならないのだ。何故《なぜ》ならば「夜中に何かあったらどーします」

子供の教育、躾ってモノは大変だ。たいへんに難しいものなのだ。厳しいアーチャマは私に、万が一の時のことを教えてくれたのだろうけれど、内気でおとなしく気の小さい私には、ちょっと、まあ、ハード過ぎたのかも知れない。

長い物をくわえると、突き飛ばされて喉を突く。紐があったら誰かに首を絞められる。夜になって眠っていると、夜中にきっと何かが起こる。恐いヨ、恐い。眠い目を擦《こす》りながらも身構えて、必死に起きていたことも何度かあった。風の強い夜は、なおいけなかった。木の枝がサワサワ、ザワザワ、ピューヒューと不安をかき立てる。

寝付きの良いお婆ちゃま連は、私の怖さなど知るはずもなくグッスリと寝込んでいる。我と我が身と老婆の館《やかた》を守るのは、自分が起きているしかないのだ、と頑張る内に、目は爛々として覚めてくる。頭はクラクラするほど冴え渡る。全身緊張の固まりとなって結句、不眠症のビビリまくりの子供となった。

唯一ピーターだけが私と緊張を分け合っていてくれた。眠れない真夜中、家の周りを巡回するピーターのサッサッとたてる秘《ひそ》やかな足音が私を安心させてくれるのだ。ピーターはいわゆる番犬だった。結構、良くほえた。

ピーターは、夜警さんの役目を忠実に果たし、家の周りを一通り吠えて廻ってから、何事もないよーと、雨戸の内側で身を固くしている私に無事を知らせ、縁の下の乾いた土のねぐらに潜り込んでスースーと眠りに就く。いつの間にやら出かけていたらしく、遠くから吠え声が近づいてくることもあった。その反対に、縁の下から「ウーゥ」と出ていって「ワワワワン」と遠のいて行くこともあった。ピーターは私を守る頼もしい王子さまだった。

恐い夜を朝日が掻き消して朝が来て、雨戸を開けると、グリーンの芝生にピョンピョン跳んでピーターの黒い毛がピカピカと光っている。

黒い短いシッポを忙しく振って、まるで一晩中そこで待っていたかのように、全身で喜びを表していた。黙って縁側に座ると、彼は体中ですり寄って来た。上に上がるのを禁じられていたから、後ろ足二本は忠実に土の上につま先立ってペロペロ舐めに来た。私を舐めることが彼の一生の仕事ってな風にペロペロやった。

私の熱海の一日は、このピーターのペロペロから始まっていた。

ある朝、雨戸を開けてもピーターはいなかった。「ピーターァ」間髪入れずに黒い弾丸が飛んでくるはずだった。でも飛んでこなかった。続けて私は呼んだ。連呼してみても弾丸は来なかった。

「ピーターだって、ちょっと遠くに行くことくらいありますよ」

アーチャマが私をなだめた。すでに私は泣きそうになっていた。お婆さん以外の私のパートナーなのだもの。どんな魅力的な雌が現れたって、私を裏切って行くような、そんなピーターでは決してない。絶対に……。

お昼近くになってお巡りさんが訪ねてきた。「下の坂道の溝の中で犬が死んでいるんですが、お宅のではないかと思いまして」

下駄を突っかけるのも待ちきれず、お巡りさんを急《せ》かせて続いた。

九十七段の石段を下りて、広い道に出て曲がったところの溝の中にピーターはいた。

ピーターの黒い身体が薄汚れて、溝の中に横向きに投げ出されていた。四肢が不自然によじれていた。見慣れた首輪と並んで、荒縄がきつく首に食い込んでいた。彼の歯は目一杯にむき出されたままだった。もう見えぬ目を大きく見開いて、尚かつ歯をむき出しているのが悲しかった。

理不尽な敵と戦って命をもぎ取られる悔しさに見開かれた目。番犬の役目を果たし、自分のたった一つの命を守ろうとした歯。生き物の命の尊さと切なさが私の胸を突き刺した。

今まで「悪意」というものに出逢ったことのない私の胸に「憎しみ」という感情が湧き起こった。それは悲しみなどとは程遠い、拭いようのない悪寒だった。私だって今ならピーターの首に荒縄を掛けた人を殺せると思った。人見知りなちっちゃな女の子だった私が、初めて知った激しい憎しみの感情だった。

そんな激しい感情を一体どう処理をしたのやら、今はまるでもう覚えていない。そこのところが、やはり甘やかされたお嬢ちゃん育ちなのだろう。

戦争はそろそろ終わろうとしていた。

疎開してきた親たちは、次なる犬を用意していた。

（「暮しの手帖」二、三月号）

冬の思い出

林《はやし》 真《ま》理《り》子《こ》
（作家）

思い出というのは、主に夏の記憶によるものではなかったか。夏休みの午睡から覚めた後のスイカの味、親戚の家に泊まった時の朝焼け、母の白いブラウスなど、子ども時代の記憶というのは、夏に凝縮されているものだと考えていた。

ところがこの冬帰省した私は、しきりに子ども時代のことを思い出していた。まるで心の奥の箱を開けたように、次々といろんなことが飛び出してくるのである。それは私の生まれ育った町が、すっかり変わろうとしていることも大きい。市街化調整と称して、駅前の古い商店街はすべて取り払われ、広い道路がつくられようとしている。久しぶりに故郷の駅に立つと、ダンプカーやシャベルカーが大きな音を立て、砂煙をまきちらしている光景に出くわし私は息を呑む。

たかだか人口三万の町に、噴水、歩道つきの駅前広場が必要なのだろうか。簡素で古い平屋の駅舎でなぜいけないのだろうか、と腹が立つよりも悲しくなってくる私である。幼なじみの友人たちも、市の愚策をこんな風に語った。

「駅前の道を拡げたって、二百メートル走れば、また元の古い道路にぶつかるんだよ。おかしいよねぇ……」

地方にいくらでも起こっているつまらぬ開発のために、こうして、私の生まれ育った場所は確実に消えていくことになった。そして私は、いくつかのシーンを断片的に淡く思い出すことになるのである。

今年の山梨の冬はことさら寒かった。いや、都会の床暖房の生活に慣れた私に、久しぶりの田舎の冬はこたえたというべきだろう。暖かい居間を出ると、田舎の家の廊下は吐く息が白い。外に洗たく物を干しに行く時は、それこそかけ声をかけて身を起こした。そして私はつくづく思ったのである。

「昔はもっと寒かったはずなのに、いったいどうして暮らしていたんだろう」

が、小学生の私は裸足で雑巾がけをしていた記憶がある。瞬間湯わかし器もまだなかった時代、水も冷たかったはずだ。それなのにつらいとか、嫌だとかそう思わなかったような気がする。

朝起きると、母が私のために湯たんぽからまだ熱い湯を、洗面器に注いでくれる。それで顔を洗った。そして着替えて朝食の膳についた。炊きたてのご飯とおみおつけ、白菜の漬け物が並んでいたはずだ。そして生卵を弟と半分ずつ食べた。子どもの頃からだらしない私は、よく口の両側に卵の黄身をつけて母に叱られたものである。ごしごし手拭いでふいてもらいランドセルをしょって家を出る。行くところは三軒先の同級生の家だ。彼女の名前を大声で呼ぶ。すると彼女も奥の方から出てくる。時計屋をしている彼女の家は、父親が毎朝雑巾でショウウインドウを清めていた。

マリちゃん、これと、彼女はポケットから焼き海苔を取り出す。私に分けてやろうと、朝ごはんの時に出たものを取っておいてくれたのである。

暖房といえば炬燵と火鉢だけだったあの頃、それでも私の冬は清々しくやさしかった。今はすっかりさびれ、消えるばかりの商店街であるが、四十年前は町随一の繁華街であった。人々は自転車で、徒歩でここに訪れた。新春には必ず福引きがあり、賞品がたっぷり用意されていたものである。

「マリコ、さあ、福引きに行っておいで」

と、母は何十枚もの福引き券を私に持たせる。それは本来、うちが客に渡すものであるが、

「煙草と同じぐらい儲からない本に、福引きをつけてやることはないよ。うちで福引きをすればいいよ」

というのが母の言い分だったからである。したがって裏面に「林書房」というハンコをついた券で、私は何度も福引きをした。六つか七つの頃、私はこの福引きで銀色の玉を出したことがある。二等のオートバイがあたった。それ以来私は、運の強い子どもということになり、よく宝クジをひかされたりしたものである。

やがて正月が終わるとドンド焼きがあり、商店街のはずれで、書き初めの習字紙やお飾りを火の中に投げた。この時、桃色や白の団子を焼き、熱いものを頬張ったものである。

一度だけ、親戚の女の子に連れられ、お天神講に行ったことを、今でもはっきりと思い出す。冬の最中、お天神講は当時でも、すでに町中では廃れていた行事で、農村地帯で行なわれていた。

子どもたちが米と味噌を持ち寄り夕食をつくるのである。白米とおみおつけという献立であるが、大量につくるのでそのうまさといったらない。大釜で炊いた米はぴんと立ち、舌が焼けそうなおみおつけは新鮮な野菜が入っていたものだ……。

もちろん、楽しい思い出だけではない。今年も私の故郷は、強いカラッ風が吹いた。まわりの山々の、雪の上を走ってくる風は大層冷たい。びゅーんと大きな音をたてる。

スーパーに行った帰り、思わず小走りになった。途中で仲のいい従姉の家に寄る。

「すごい風だね」

「全くねえ。このカラッ風は本当に嫌だよ」

お姉ちゃん、憶《おぼ》えてる？　と私は言った。

「子どもの頃、よくこの風が吹いたよね。でも昔の商店って、どんなに寒くてもガラス戸を立てたりしなかった。夜の九時まで開けっぱなしだったんだよ。私、学校から帰ってさ、吹きっさらしの家に帰るとすっごくみじめな気になったよ。勤め人の家が本当に羨しかった。どんなに寒いとこ歩いて帰ってきても、家に帰ればぬくぬく暖かいんだもの。そして私、思ったんだ。どんなに貧乏でもいいからサラリーマンと結婚しようって」

「本当だよね——、寒かったね——」

従姉も悲鳴のような声をあげた。

「私だって同じこと考えたよ。絶対にサラリーマンがいいって。だけど今じゃこんなありさまだよ」

従姉は電器店に嫁いでいる。働き者の彼女は、家の中心となってきりきりと動いている。そんな彼女が、私と同じことを考えていたとは驚きだった。

「この私だってさ、女が働くのは絶対にイヤだ。サラリーマンのところへ嫁ごう、って本当に思ってたんだけどねえ……」

世の中ってうまくいかないもんだねと、二人で笑い合った。

私は子どもの頃からの願いがかなって、サラリーマンと結婚することが出来た。商売をしている家だけは嫌だと思い続けていたのは、母や伯母たちの苦労を見てきたせいだろう。小商いをしている家では、女が男よりも働かなくてはならない。客がいようといまいと、朝の八時には店を開ける。シャッターというものは出まわり始めていたけれども、あれは客を拒むものとされていたから、店は開けはなしておく。そして閉めるのは夜の九時だ。

店の奥には火鉢があったけれども、そんなものは何の役にも立ちはしない。とにかく寒かったのである。時たま行くサラリーマンの友人の家は、それこそ別世界に見えた。どんなに外は北風が吹いていようと、うちの中はぬくぬくと暖かい。お母さんは石油ストーブの前で編物をしている。そして私たちに紅茶を淹れてくれるのだ。そこの家は大層つつましく、お母さんが編んでいるものは内職だと後で聞いたことがあるけれどもそれが何だったろう。私はとにかく、冬になると閉じ籠もることのできる生活に憧れていたのである。

帰り際に私はもう一度駅前に行った。私の育った町は完璧に消えようとしていた。そして私を可愛がってくれた多くの人たちも、もうこの世にはいない。

毎晩のようにお風呂に入れてくれ、夕飯を食べさせてくれた隣りの靴屋のおじさん、おばさん。同級生のお父さんだった花屋のおじさん。時々お菓子をくれた畳屋のおばあさんはとうの昔にいない。困ったことに私の中で、こうした人々は混乱しているのである。

あのおじさんはもう死んでいると思っていたら、元気で自転車に乗っていたり、まだ若いと思っていた人が三年前に亡くなっていたりする。故郷を離れて三十年近く、もう私の中で記憶と現実とがごっちゃになっているようなのだ。けれども私の中で、彼らはすべて中年のまま、幼い私を可愛がってくれる気のいい、商店街のおじさん、おばさんたちなのである。誰が生きていようと、死んでいようと、もはや故郷を離れて生活している私には関係ない。

昨年の秋、八十五歳の私の父が肺炎で死にかけた。医師からもう覚悟してくれと言い渡され、うちでは葬式の準備まで始めたほどだ。幸いにも元気を取り戻したが、その日はもうすぐそこに来ている。

親を失なった時、故郷はどういう風に変化するのだろうか。今よりもはるかに遠去かるはずであるが、思い出はさらに美しく透明になるのか。それを知るのはまだこわい。

（「オール讀物」二月号）

ヤモメのゴルフ

古《ふる》山《やま》高《こ》麗《ま》雄《お》
（作家）

一九九九年、七十九歳でヤモメになって以来、ゴルフばかりやっている。私のゴルフは、体格貧弱の老人のヘナヘナのゴルフである。年齢の割には飛びますな、と言われたりする。だが私は、自分のゴルフは年齢相応のヘナヘナゴルフだと思っている。

素人のゴルフだから、ヘナヘナであろうとマアマアであろうと、仲間と快く遊ぶことができたら、それでいいのだ。そんな気持でしている老人ゴルフだから、上達はない。結局は間もなく衰え、いずれはやめることになるのである。

けれども、今は、やたらにゴルフをしている。他に今、私がしていることと言えば、本職は別として、馬券を買うぐらいのものだ。だからこのエッセイ、ゴルフのことでも書こうと思っていた。ところが書けない。ヘナヘナでもいいだの、こんなものでいいだの、私はそんなことばかり言っていて、ゴルフ自体についての研究心や向上心がないのである。それで、ろくに語るものがないからでもある。

それに、素人のゴルフにはハンデキャップというのがついていて、おかげで技量未熟な者がコンペで優勝したりする。実は私は、二〇〇〇年の秋は、ハンデに恵まれ、運に恵まれて、出版社や新聞社の主催するコンペで、つづけて優勝して、賞品稼ぎのしぶとい爺さんなどと言われている。こういう状態のときには、ゴルフの話は、書きづらい。

人にもよるだろうが、勝った話だとか、もてた話だとかは書きにくく、負けた話やふられた話は書きやすい。非行は書きやすく、善行は書きにくい。誰にだって、その両方があるはずだが、物書きは一般に、自慢話と思われそうなものには近づかない。(そうでもないか) 私はあえて、自慢話と思われそうなものを書いてみたこともあるが、書きづらいものであった。勝った話は苦手である。ゴルフの話はやめて、他のことを書こう。

と言って、新年号に、死ぬ話もどうかな。実は私は、ヤモメになって、自分の年齢を思ってみて、この一年、死ぬことばかり思っているのだ。なに、そう遠い先でなく俺も死ぬな、とぼんやり思っているぐらいのことだけれど。死にたいとも、死にたくないとも思っていない。深刻なものも、感傷もない感じで、俺ももう終わったな、と思っている。

宇野千代さんは、齢《よわい》九十を過ぎても、年齢を超越した境地を持っておられて、私死ぬ気がしないのよ、と言っていたそうだが、私は宇野さんのような境地は持てない。二〇〇一年には、私は八十一歳になるが、あと五、六年ぐらいで死ぬ気がしている。そんな気がしていて、実際にはどういうことになるのか、もちろん、わからない。こんなことを言っていて、今年死ぬかもしれないし、五、六年先が十年先になるかもわからない。

気がする、ということは、気がするだけで当たらないかもしれない。けれども私はそのうちに、心筋梗塞か脳梗塞でひっくり返って死ぬんだろうな、と思っている。

心筋梗塞か脳梗塞かでひっくり返って死んで、自分の死体が死後何日かたって発見されるという事態は、妻の生前から、ずっと予想している。妻の生前、私はヤモメに似た生活をしていた。私は、わが独房と言っていた東京青山の部屋にいて、ほとんど自宅には帰らなかった。妻は、相模原市の陋屋で独りで暮らしていた。妻もまたヤモメに似た生活をしていたのである。

妻は相模原の自宅を東林間のブタ小屋と言っていたが、私が青山のわが独房で、死後何日目かに発見される可能性が大きいということは、妻が東林間のブタ小屋で同じようなことになる可能性もまた大きいということである。

だが、互いにヤモメに似た生活をしていても、私たちは本当のヤモメではなかったから、連れ合いの安否を気にしないわけにはいかなかった。

私ではなく、妻が、心筋梗塞や脳梗塞で倒れるかもしれないのだ。それを私は、何日も知らずにいる。そういう事態も思わないではいられない。ヤモメに似た生活は、私も妻も気に入っていた。しかし、私たちは、人知れず倒れて、手当てが早ければ助かったかもしれないのにそのまま死んでしまい、その死もなかなか気づかれない、ということになりかねないのであった。

だから、私たちは、用事がなくても安否を確かめるために、なるべく頻繁に電話をかけ合おう、と言っていた。そして、ブタ小屋気付で届いた郵便物に返事を急ぐものがあれば、内容によっては妻に返書を頼み、また内容によっては、青山の独房に転送してもらった。

それは安否を確かめ合う手段にもなっていた。何年も約束通り、頻繁に電話をかけ合っていた。

しかし、電話の後に、どちらかが倒れてしまうということもある。死後電話をかけるということもある。電話をかけて相手が出ないのは、外出中なのか、死んでいるのかわからない。そういうときは、時間をおいてまた電話をかける。声を聞けば、安心だ。私は旅先からも、電話をかけた。

しかし、安否を確かめ、声を聞いて安心することでは、病いは阻めない。そして、懸念していたことが現実になった。まず倒れたのは、私ではなく妻だった。妻から電話があった。胸が苦しいの、と言った。私は急いで自宅に帰ったが、妻はすでに息をひきとっていた。私は妻の死後、十分か二十分ぐらいに着いたのだ。

連れ合いの死を、死後三日も四日もたって知るのもつらいが、最後の声を聞いて、急いで帰って死に目にあえないのもつらい。

以来、私は、本当の老人ヤモメになって、青山の独房から東林間の自宅に帰って来て独り暮らしをしているが、今度は私の死ぬ番である。今度は私が、東林間のブタ小屋で、死後何日目かに発見されることになるのである。

妻の死の半月後に、私が私の戦争長篇小説三部作と称して、二十年来書いて来たものの第三部「フーコン戦記」が上梓された。本物のヤモメになると同時に、二十年来の仕事も終わった。二十年来の仕事を終えたからといって、作家をやめたわけではない。けれども、死ぬまでになんとか仕上げたいと思ってやっていた仕事が終わり、それに時を合わせたように連れ合いに先立たれたので、なにか、すべて終わったなあ、という感じになった。

年齢のせいでもある。若い時なら、時間のかかる次の仕事を企画し、出発する気にもなるだろうが、この年では、もう時間のかかる仕事はダメだ。時間が足りない。来し方行く末、と言うが、行く末はもう、間近に死があるだけなんだから。

年齢を考えれば、来し方に目を向けるべきなのだろうね。来し方なら、八十年分あるわけなんだ。ところが、それももう面倒臭いんだな。

まだ作家をやめたわけではない。死ぬか呆けるまでは書き続ける気でいる。にもかかわらず、私小説書きが、過去のことを思い出すのを、面倒臭いんだな、などと言っていてはしようがないが、しかし、自然に思い出されるものではなく、何かを書こうとして、それが口火になって思い出すことは、何かを書こうとしなかったら、薄れてしまうのではないか。実は私は、戦争長篇三部作を書き終えたら、とたんに戦争のことを思い出さなくなってしまった。

あの憂鬱な軍隊経験、そして思ってもみなかったところへの強制連行、自分の生涯であんな大事件はない、などと言いながら、私は実はどんどん忘れている。私が戦争を思い出すのは、文章を書くためだったのだ、と知った。書くのに必要がなければ、思い出しもしない。

人とはそういうものなのだろうか。それとも他人はそうではなく、私だけがこんなふうなのだろうか。とにかく私はそんなぐあいで、思い出の中の私は、もう自分ではないような感覚になっている。

人には、時がたてばたつほど、思いが深まるというようなこともあるのだろうか。ある時期深まって、それからだんだん薄れてしまう、そういう生理になっているのではないだろうか。それともこれも、他人は違うのか。

結局、新年おめでた号だというのに、辛気臭いことばかり書いてしまったな。ごめんなさい。しかし、今の私は、こんなようなことばかりとりとめもなく思いながら過ごしているのだ。もう欲しいものもない。故和田芳恵さんが、なんかの文学賞をもらったときの受賞者のスピーチで、年をとると欲が深くなるもので、云々、と言ったのを憶えているが、あれはジョークだ。この年になって、いまさら、何が要るというんだ。けれども、人さまざま、人生いろいろで、世間には、年をとればとるほど欲が深くなる人もいるのかもしれないな。

ところで今、私の欲しいものとは何だろうな。ないな。しかし、つまらんね、欲しいものが何もないなんて。欲しがることには夢があり、活力になる。俗欲でいい、欲に伴う嬉しさや楽しさ、満足感や得意、そして欲求不満と失意、人はそういうものに塗《まみ》れながら生き、そして死ねばいいのだ。

今の私にそれがないのはよくないな、と思っている。だが、そうなんだからしようがない。けれども、ゴルフをやると、ささやかな、どうでもいいようなことだが、欲が出ます。バンカー越えにピンに寄せたいだとか、池越えでグリーンにのせたいだとか、もっと飛ばしたいだとか、そういう欲が。

もしかしたら、私は、欲を取りもどすべくゴルフをしているのかもしれない、と言ったら大げさか。

そう言えば、わが国が軍国主義の神の国であったころには、私は、自由が欲しい、とか、釈放されたいとか、いろいろ欲しいものがあったが、あれは時代のせいというより、若さのせいだったのだろうか。若いということは、これから始めるということだ。将来のために、欲しいものがいろいろあるのが、当然、だ。

それに、ゴルフでピンそばに寄せる欲と、自由を求める欲とでは、ちょっと違い過ぎるよ。両方とも、なかなかうまく行かない、ということでは同様だが。

（「オール讀物」一月号）

――筆者は平成十四年三月十四日御逝去されました。

消息、断つ

岡部千鶴子《おかべちずこ》
（フリーライター）

機影がナイフのようにビルのわき腹に刺し込まれていく。米同時多発テロ。テレビに釘《くぎ》付けになる。そして元気が失くなっていく。

一つのトラウマがある。二十三年前にさかのぼる。初めて語ろうと思う。

大学四年の春だった。フランスで遊学を終え、帰国の途に就いた。パリ・オルリ空港、午後一時三十分、予定通り飛行機は離陸した。大韓航空707便、アンカレジ（米国）経由成田行き。機内食を終え、少し眠った。夜八時、そろそろアンカレジかなと思いつつトランプをしていた時だった。突然目の前がピカッとオレンジ色に光り、バーンと爆音。トランプが四方に散る、と同時に機体は急降下。まさか、と思った。シートベルトを探す。見つからない。あせる。隣席に移った。このまま墜落するのか。

どのくらい落下し続けたろう。十秒、いや二十秒。「助けて」と、祈るしかなかった。

奇跡が起きた。墜落寸前、機体は低空飛行に入ったのである。

地上（雪原）がすぐ見える高度で、二時間の低空飛行が続いた。一体何が起きたのか、機内アナウンスはない。窓の外にポツンポツンと明かりが見えてきた。「やっとアンカレジだ」。安心した途端パーサーが叫んだ。「救命胴衣を着けろ」。

なぜ救命胴衣なんか。私たちは本当に死ぬのか。手が震えてうまく着衣できない。バッグからセーターや帽子を出し、コートを体に巻きつけ、ショックを少しでも防ごうとあせった。再びパーサーが叫ぶ。「ニー・ダウン、ニー・ダウン」。絶望を抱えるように膝《ひざ》を抱いた。

奇跡は二度起こった。これまでのどの着陸よりもスムーズな着地だった。この時点では知る由もないのだが、凍結した湖上に胴体着陸（車輪が出ない）したのである。爆発炎上してもおかしくなかった。

恐怖から解放されたように体を起こし、皆、拍手した。約百名の乗客にパニックは全くなかった。

しかし。私は前方の席だったが、トイレのため後方に行くと地獄が待っていた。

これも後の報道で知るのだが、大韓機は旧ソ連領空を侵犯した。あの爆発音は、ソ連戦闘機が大韓機を銃撃した音だった。左翼炎上、破片は男性客の脳天を貫通、別の男性の腰部を不随にさせ、二人が死亡、数人の重傷者が出血多量の苦しみにうめき、機内後方は血の海と化していた。

機体の小窓の外は大雪原である。スキーでやってくる一団が見えた。分厚い国防色のコートと帽子、肩には銃。アンカレジ近郊とばかり思っていた。「ここはソ連か――」。まだ冷戦時代の出来事である。

日本のテレビニュースに「大韓機、消息断つ」と第一報がのったのは、低空飛行の時だったらしい。第二報は「全員絶望」。当時実家には父、母、祖母がいて、駆けつけた親類縁者の人たちとテレビを見、乗客名簿が映し出され「C・イワヤ」（旧姓）と出た瞬間、父はくずれ、だれ一人、言葉を発する者はいなかったという。

でも私は生きている。そのことを伝えたかった。きっと日本ではパニックになっているだろう。救助されたソ連の寒村の公民館で、日本に電話するなど不可能だった。生きていれば必ず家族に会える。それしか頭になかった。

二十三年前、それは冷戦時代に起こった。パリ発アンカレジ経由日本行きの旅客機が航路を外れ、旧ソ連領空を侵犯した。ソ連の重要軍事基地ムルマンスクの上空近辺だった。ソ連戦闘機スホーイは撃墜を決行、銃撃した。機は一気に急降下、あわや墜落寸前、低空飛行に成功する。私も含め機内前方の乗客は無事だった。が、銃弾で十カ所の穴があいた後部座席は血に染まった。一人の男性が亡くなった。別の男性は大腿部《だいたい》をえぐり取られた。乗客の中に医師がいたが、本人も負傷しながら懐中電灯を頼りに、ネクタイで血止め作業が行われた（が、後に亡くなる）。この惨状のまま、機は凍結湖に不時着する。「やっとアンカレジ。もう大丈夫」。とんでもなかった。武装したソ連兵数人が主翼に上がり、機内に入ってきた。命が助かってみると、助かったことよりも、その地がソ連であったことの方に恐怖が移った。

負傷者と赤ん坊が救出されて病院へ運ばれ、他の乗客は軍用ヘリコプターで移動した。収容先はケミという北極圏に近い町の公民館だった。男性は一階、女性は二階に案内され、簡易ベッドがしつらえられた。銃撃があってからここに着くまで、十二時間が経過している。

当時の日記が手元にある。

「部屋の入り口にも廊下にも窓の外にも、銃を肩にかけ分厚いブーツをはいた軍人が何十人も徹夜で警戒している。捕虜になって収容所に入れられている気分になる。とにかく今大事なのは、病気だけはしないこと」

異常な体験に緊張しっ放しで、ろくに眠りもしなかったが、心和むこともあった。

公民館に着いて早々、朝食がふるまわれた。ソーセージとヌードルのようなスパゲティ、紅茶。昼食は米粒入りスープ、雑穀米（コーリャン）の上に肉がちょこんとのった一皿。甘い梅干しのようなアプリコットが入ったお茶。甘さと温かさが体に沁みた。質素な食事だったが、英語通訳に来たロシア人女性も同じものを摂《と》っていたから、それがソ連の一般的な食事だったのだろう。

この女性がやさしい印象を与える人物だったのには救われた。勇気をもって話してみた。「女性の乗客も多い。スーツケースも返っていない。生理用品などを用意してもらえないか」。それは即刻提供された。そしてこうも聞いてみた。「私たちは一体どうなるんでしょう」。彼女はこたえた。「Go home」国（家）へ帰れます。ほほ笑んではいたが、「いつ」という具体的な言葉がない以上、むなしい質問だった。

最も肝心な質問を私は機長に向けた。「飛行機はなぜこんな事態になったのですか」。

計器の故障でソ連圏に入ってしまった。戦闘機が接近して発弾。アンカレジに連絡できる圏内ではなかった——。

思いもかけず、早い展開が訪れた。公民館は翌夕刻たつことになる。ケミからムルマンスク、ヘルシンキへ。ヘルシンキの近代的なホテルには、大勢の報道陣が待機していた。

割り当てられた部屋に入ると、電話が鳴った。秋田の両親からだった。

「羽田に迎えに行くから」

私は生きている、それが家族に伝わっている。それ以上望むものはなかった。

ヘルシンキから日本への航路を飛び立つのは、パリから丸三日がたっていた。

飛行機事故に遭遇した体験を二度にわたって書いた。旧ソ連の戦闘機が、領空侵犯した旅客機を銃撃。幸いにも撃墜は失敗し、九死に一生を得た出来事だった。読んで下さった方から「怖い体験だったんですね」と手紙をいただいたりした。

けれども正直にいうと、銃撃後機体が急降下した時も、ゾッとする沈黙の中で救命胴衣をつけた時も、心の本当のところで「死」は意識になかった。

「大丈夫」

「死ぬわけない」

「何としてでも生きてやる」

凍結した湖面へ着陸態勢に入った時でさえ、死の境界へ突入するかもしれないのに、そういう力みがあった。

若かったからだろうか。たとえ北極の海におとされたって、泳いで還るんだッと本気で思った。

日本に着いて、ごった返す人の中で両親と抱き合った時は、宝クジに当たったたような気がした。思い出は薄まらないけれども、あの出来事からちょうど倍の二十年がたったころ、やはりあれは一つの死だったんだと思わせることがあった。

父が亡くなり、日記が出てきた。飛行機事故があった日のページが最も長い。当時、テレビの第一報は「乗客全員絶望」。突然娘の死を報《し》らされる父親の、どうにも術《すべ》のない感情が、あふれるように乱れて綴られていた。

「娘の名がニュースに出た時、私はやはり崩れた。第二次大戦にも行った自分なのに、剣道で鍛え上げた心身なのに、といくらふんばってみても、悲嘆にくれるだけであった。今一度、無事な娘の姿を見たいと」

私はどんなに愛されていたか。泣かずにいられなかった。

今さら思っても仕様もないが、この日記を父の生前に見ていたら、と思う。そしたらもっと良い娘になれたのに。

父娘とは、他家《よそ》もそういうものかもしれないが、肚《はら》をわって言葉を交わしたり理解し合うことはなく、謂《いわ》れのない憎しみで刺々《とげとげ》しくなっていくものなのだろうか。心の底から謝りたかった。

その日記は父の部屋にあった。が、私の手で見つけ出されたのではない。長く患っていて、薬をのどに詰まらせ、それが終わりとなった。葬儀は父の弟子の人たちの手に委《ゆだ》ねられ、セレモニー・ホールに生前のゆかりの品々を飾ることになった。たとえば、かつて酌み交わした酒器揃い。台所の戸棚を探すうち、それを見つけた男性が一瞬破顔し、「あー、これで飲んだ飲んだ」。

父の部屋にもまるで家捜しするようにドドッと入ってきて、何か懐かしいものはないかと血眼で捜す。机の引き出しがキチンと整理されているのを見ると、「ホラ、先生て丁寧な人だったんだよなぁ」と宝物でも見るようにニコニコしている。私など、まるで親せきの子のように立って見ているのだった。

努力で勝ち取った師と弟子の紐帯《ちゅうたい》は、ただそこに生まれましたという意思のない血の絆《きずな》よりも美しく思えた。私は負けたと思った。

父のなきがらは、竹刀と剣道着で荘厳《しょうごん》が尽くされた。大車輪の葬儀前夜に出てきた日記が、今、語るように私の枕元にある。

(「秋田さきがけ」十月十三日、十一月十七日、十二月二十九日付)

象が歩いた

泡《あわ》坂《さか》妻《つま》夫《お》
（作家）

子供のころ、駄菓子屋で映画のフィルムを売っていた。

本物の劇場映画のフィルムで、十齣《こま》ぐらいが丸められて、輪ゴムなどで留めてあった。フィルムの内容は確められないわけで、たまたま買ったものが人気俳優のクローズアップだったりすると、得をした気分になるのだった。だいたいが時代劇のフィルムだった。それを映写機にかけて見るわけではない。子供たちは明るい方に透かして見ては満足していた。

六十年も前のことである。映画会社は古いフィルムを駄菓子問屋へ払い下げていた。問屋はそれを文字通り齣切りにして小売屋へ卸すのである。そのために、現存している時代劇のフィルムが少ない、と嘆いている映画研究家の話を聞いたことがある。

劇映画でなく、漫画映画のフィルムを持っている、という友達がいた。よく聞くとミッキーマウスの漫画映画である。これは聞き捨てにできない。

すでに国家総動員法が公布されている。アメリカ製のポパイやミッキーが輸入されなくなって久しい。そのフィルムは正に宝物に思えた。

早速、その友達の家に出掛けて、そのフィルムと対面した。これも十齣分のフィルムだったが、確かにそこにはミッキーがいた。ミッキーは船の甲板にいて、丸い舵を廻している。しかも、アニメーションだから劇映画のフィルムとは違い、舵を握っているミッキーの腕の動きの一齣一齣が、微妙に違っているのも判るではないか。

船に乗っているミッキーだとすると、このフィルムは「蒸気船ウィリー」に違いない。これはあとで判ったことだが、ディズニー初期の代表作とされているアニメーションの一本である。

ところが、上には上があるもので、もう一人の友達の家には、家庭用の映写機があった。生まれてはじめて絵らしいものを描いたのは、ポパイのようなものだったという。とにかくごく小さいときから漫画映画を見ていて、スクリーンに写し出されるややセピアがかったモノクロの調子や、滲んで見える描線などが、印刷物の絵と違って面白いと思うほどだったから、映画のフィルムや映写機と聞くと、じっとしていられないのだ。

はじめて見る映写機は、高さが二十センチばかりの黒いブリキ製の箱だった。この箱の上蓋を上げて、中に裸電球を入れるのだ。映写機にはハンドルがついていて、レンズの手前に装填したフィルムを手廻しで送り出す。映写機はかたかたと歯車の音を立て、小さなスクリーンに映画館ほどでないにしても、ともかく動く絵を写し出していった。

このフィルムは日本製の漫画だった。一巻が直径五、六センチほど。上映時間はあっという間で、その間、息を詰めたままだった。しかし、写し出される絵よりも、その機械の方にすっかり心を奪われてしまった。

映写機の機構は外からでもすっかり見えるのである。歯車の動きは複雑だったが、フィルムを一齣ずつ送り出す仕掛けはよく理解でき、その動きを素晴らしいと思った。

今、ちょっとした玩具は電動式で、そのほとんどは内部の構造が見えない。また、本体の分解を禁じているものも少なくないのだが、そのころの玩具はどれも中を覗くことができた。玩具にかぎらず、器用な子なら簡単なラジオの修理ぐらいやってのけた。

もとより喉から手の出るほど欲しい映写機だったが、鉄製の玩具が世の中から消えてしまった時代だった。ブリキ製の玩具はもとより、ベイゴマも鉄から陶器に変わっていた。ブリキ製の玩具が復活したのは、敗戦後、しかも進駐軍の兵士が捨てたビールの空缶を再利用したものだった。

ところが、ある日、『少年倶楽部』の通信販売欄に、友達の家にあったものとそっくりな映写機が掲載されているのを見付けて、思わず躍り上がったものだ。

親にせがんで講談社に代金を郵送してもらう。品物が送られてくる日日の待ち遠しさといったらない。

その小包が届き、どきどきしながら中を開けると、その映写機はブリキ製ではなく、レンズを除く全てはボウル紙製なのであった。ボウル紙の表面はブリキ色で鉄の鋲などが印刷されていた。よく見ると、当然ながら本体には歯車などの機構はなく、写し出される絵は静止したものであるらしいことが判った。改めて販売欄を見ると、そこには映写機ではなく幻灯機という名が明記されていた。幻灯機なら絵が動かなくとも、文句は言えない。

全てに代用品が使われていた。繊維製品はスフ、米飯は芋などの代用食、ペン先きもガラスに、戦争末期には陶製の硬貨が試作されていたという。「欲しがりません勝つまでは」なので、望みどおりの品が届くまいとは覚悟していたが、ボウル紙の幻灯機とは思わなかった。

幻灯用のフィルムが五本ほど添えられていて、どれも三十センチほどの長さだ。アニメのフィルムを思うと心細い限りだった。せめてもの救いはフィルムの一本に大好きな田河水泡ののらくろがあったことだ。

それでも、幻灯機に裸電球を入れ、レンズを調整すると、画用紙のスクリーンにはっきりした絵が写し出された。一齣一齣を手で送っていくのだが、絵自体が動くわけではないので、紙芝居のようだった。

ところが、しばらく扱っていると、幻灯機が変にキナ臭くなってきた。びっくりして見ると、裸電球に触れている蓋の部分が、熱で茶色に変色していた。代用品を取り扱うには十分気を付けなければならない。

というわけで、いろいろ不満はあったが、フィルムの絵をスクリーンに写し出すという幻灯機本来の機能は果たしている。それだけで満足しなければならなかった。

しばらくすると、のらくろのフィルムも見飽きてしまう。そこで、あり合わせのセロハンに自分で絵を描きはじめた。この思い付きはなかなか刺戟的だった。上手下手はともかく、自分の絵が映画と同じように、暗い部屋の中で輝くのである。私はフィルム作りに没頭した。

そんなころ、中国の長篇漫画映画「西遊記火焔山の巻」が封切られた。

久しぶりに見る本格的なアニメーションで、しかも長篇である。そして、これが大変な傑作であった。この映画はモノクロだったが、今思い返してもカラー版では不可能な表現描写があった。そのころ、水墨画という言葉も知らなかったが、墨の濃淡と筆の線の力強さ、特に火焔山の炎の中で荒れ狂う怪物に対し、芭蕉扇を持って立ち向かう孫悟空の場面は、アメリカの漫画にはない迫力で、魂が消し飛ぶほど圧倒されたのだった。これを封切り館で観、二番館で何度か観るうち、いつか自分も漫画映画を作りたいという野望を持つようになった。

もっとも、夢というよりは、子供が誰でも持つ漠然とした憧れのようなものだったが、二十年近くたってから、それが一歩現実に近付いた。八ミリカメラが登場し、素人でも映画を撮影することができるようになったからだ。

八ミリカメラの実物をはじめて見たのは、昭和三十三年だった。

その年、長い間アメリカで奇術活動を続けていた石田天海が帰国し、東京に住むようになったので、よく覚えている。

天海という人は奇術の松旭斎天勝の一座にいた。一座がアメリカ巡業したとき同行し、アメリカの奇術の素晴らしさに魅せられて、そのまま居残って研究を続けた。一九三〇年代に「シガレットとウォッチ」という、空中から無数の煙草と時計を取り出す奇術を発表して、これが大評判になり、グレート天海と尊称されるまでに大成した。天海はハワイに巡業中、戦争が起きそのまま動くことができなくなったが、戦後はロサンゼルスを中心に活動し、世界中の奇術家に愛されていた。

帰国したばかりの天海のところに、アマチュアのアメリカ奇術師が遊びに来た。世界旅行の途中日本に立ち寄り、日本の奇術家にも会いたいという。それで有志が集まり、その人が宿泊していた帝国ホテルに行った。ミューラーという名だったが、そのミューラーが取り出したのが、八ミリムービーであった。

私たちを撮影したフィルムは現像されて、天海のところに送られてきた。ほとんど、無造作に撮影していたとしか見えなかったのだが、その美しいカラーの画像に、びっくりしたのだった。だが、当時はまだ八ミリカメラなど、高嶺の花だ。実際にカメラを手に入れたのはそれから十年も後になる。

八ミリカメラは日本製も売り出され、はじめはゼンマイ式の手動だったが、すぐ電動式になり、大量生産の時代になった。「私でも写せます」というキャッチフレーズで、金持ちだけの道楽品ではなくなった。

三人の娘が生まれ、下の子が三歳になったとき八ミリカメラを買う大義名分ができた。「愛児の生長の記録である」と、妻に言い、無理をして中古のカメラを手に入れた。

はじめのうちは大人しく「愛児の記録」を撮っていたが、すぐに本性が現われた。宿願のアニメ制作である。

はじめてのことで凝ったことはできない。まず、何枚かの象の絵を描き、それを切り取って、背景の上に置き換えながら、一齣ずつ撮影した。セルも使わないし、自然光だった。文字にすれば二、三行のことだが、実際には何時間もかかった。これを動物園に行ったときのフィルムのタイトルにした。

これを映写機にかけると、ほんの数秒、象が歩いた。象が動いたと言って、子供たちは面白がったが、心中一番嬉しかったのは私だった。

（「オール讀物」一月号）

父の万年筆

ニラスへの旅

青田《あおた》昌秋《まさあき》
（北海道大学教授・北大低温研付属流氷研究施設長）

知床半島の海辺の宿。朝、一面に張った窓霜で外が見えない。昨夜はだいぶん冷えたようだ。防寒服に身を固めて海に出た。海面に描かれた淡い墨絵のような模様が静止している。オホーツクの南端の海も凍り始めた。

シベリアから飛来し、小休止したコハクチョウの群れが南へ旅立とうとしている。リーダーらしき一羽が助走を始めると、遅れてはならじと仲間たちもいっせいに走り出す。氷上を数メートル走って離陸態勢に入る。氷の滑走路・ニラス（Ｎｉｌａｓ）は鏡のようにつるつるだった。足を滑らせて飛び立ちに失敗、必死に羽ばたいて助走をやりなおすドジな奴《やつ》もいる。笑いながら声援を送った。

寒気が続くと、水中に海のダイヤモンド・ダスト（氷晶）が発生する。氷晶の群れが舞い上がる。やがて氷の膜となって海面を覆う。一夜の冷却で、急速に厚さを増し、平坦な薄氷（ニラス）となる。ニラスは、海の青が透けるほどの薄さの「暗いニラス」と、厚くなり白っぽい「明るいニラス」に分けられる。

ニラスは、世界気象機構（WMO）の海氷分類集に採用されている用語で、世界の海氷研究者の共通語である。ところでこの言葉、もともとは何語だろう。僕は、その語源が妙に気になった。A先生、K先生に問い合わせてみた。A先生は、国際海氷用語会議（一九七一年、スイス・ジュネーブ）の日本代表、K先生はロシア語に堪能な極地海洋学界きっての碩学《せきがく》である。この用語が最初にあらわれた論文まで追跡していただいたが、ともに語源については「？」で終わった。

サハリンに行った折り、ロシアの研究仲間に訊《たず》ねてみた。「もちろん、ロシア語さ」と誇らしげに断言。ロシア語の大辞典を持ってきてもらった。「ニラス」の派生語らしいのが一つもないのは変ではないか。ニラシー（ニラスの形容詞）ぐらいあってもよさそうだ。外来語だから関連語がないのだろう、と問い詰めた。彼らはちょっと困った顔をしながら「語源も当然ロシア語さ」と言って逃げて行った。

僕の気まぐれな疑問、ついに米国・アラスカ大学のW・ウィークス博士に行き着いた。だが海氷研究の世界的大御所にしても「？」であった。この用語、それほど当たり前として使われてきたのだ。僕は、不思議というより、面白いと思った。北極海周辺の少数民族の言葉では？　と想像を逞《たくま》しくして、いつの日かニラスを追う流氷への旅の夢を抱き続けていた。

ウィークス先生から、ロシア北極・南極研究所にロシア海氷用語の専門家ありとの連絡をもらった。僕はサンクト・ペテルブルグの研究所を訪れた際、この件について教えを請うた。

ついに、十世紀の初め、ロシア北極海沿岸の白海やムルマンスクに侵攻、定住したバイキングの一派パモルス（ｐｏｍｏｒｓ）の言葉であることが判明した。氷海航行や造船に秀でたバイキングが海氷分類に使っていたのだ。これで僕のニラス追跡の旅は終わったかにみえた。

しかし、僕にはまだ気になることが残っていた。「ところで、パモルス語（?）のニラスって何の意味か」と訊《き》いたが誰も知らない。分かったら連絡する、と気の良い若い研究者が約束してくれた。

彼は必死に調べてくれたらしい。帰国後、しばらくして通知があった。「バイキングはほとんど文献を残していない。詳しいことは不明だが、どうも『禿《は》げ』という意味らしい」という答えだった。できたばかりの表面がつるつるとした薄い氷、これぞニラスだ！　僕はようやく溜飲《りゅういん》を下げた。僕の夢、ニラスへの旅は終わった。

最初に疑問を投げ掛けた諸先生に一件落着の報を、と筆を執った。ところがA先生への番になって、はたと筆が止まった。実は、A先生は「典型的なニラス」なのだ。お酒に目のない太っ腹の先生だ、最後の部分だけはお互いに酔ってからのご報告、としよう。

（「北海道新聞」二月一日付夕刊）

「黙契」……花かげの花守りたち

四《し》島《しま》　司《つかさ》
（福岡シティ銀行頭取）

はじめに

〝黙契〟とは、口に出さないでも、通いあう心を言う。

銀行のD君がかかわっている身近な話で恐縮だが、道路拡幅で伐《き》られるさだめだった樹齢五十年の桜並木が、〝花哀れ〟の黙契で救われた物語である。

最初にSOSを発信した彼は、私文集『花かげの花守りたち』で花々との歳月を振り返りながら、不思議な果報だと笑っている。

福岡市の檜原《ひばる》地区で、実際にあった透明な話だから、文集を借り、長老以外はイニシャルで失礼して嬉しい不思議を届けさせていただこう。

ハプニング

福岡市は昭和四十七年の政令都市指定と、五十年の新幹線乗り入れを契機として、飛躍的に発展し、アクセスの整備が急がれていた。

都心の天神から、南郊への道路も次第に整備されて、檜原地区の車の離合も困難な約百数十メートルの狭い農道を残すだけになっていた。

十七年前の春、昭和五十九年三月十日。その道ばたの樹齢五十年の桜並木が一本伐られていた。道路拡幅のためでやむを得ないが、蕾をいっぱいつけたままに、開花を待たでの伐採が無残だった。

残りの八本の桜もはかない。せめては〃終《つい》の開花を〃。あと二十日間、伐採を待って欲しい。D君は奥さんを先に寝《やす》ませて、夜更《よふ》けに花の命ごいを色紙にしたためていた。

花守《はなも》り進藤市長殿
　花あわれ　せめてはあと二旬《じゅん》
　　ついの開花を許したまえ

色紙に悪筆はなじまないし、雨が降れば字が流れるだろう。それで、マジックペンで書いたと言うから可笑《おか》しい。

目覚《めざ》まし時計を未明の五時にセット。そっと家を出て、桜の幹に色紙を数枚くくりつけた。照れくさいので、奥さんにも内緒の隠密行動だったそうだが、朝の散歩のお袋さんに見慣れた悪筆を見つけられて、暁闇の息子の冒険はあっけなく露見していた。

暁の紳士

それから共感の輪が次々に広がって、めくるめく花のドラマが展開したのだった。翌日も次の日も、桜は伐られなかった。色紙に共感した気持ちの嬉しい業者さんの、やさしい執行猶予だったのだろう。

そして、色紙が暁の紳士の目にとまったのが幸運だった。財界のリーダーで当時の九州電力の社長だった川合辰雄さんが、朝のジョギングで発見して、広報担当の大島淳司さんに、なんとかならないかと話されたのだ。

大島さんは現場に車をとばしてなるほどと共感。丁々発止の仲だった地元新聞社会部のM記者に、「檜原に面白いことがあるばい。行ってみらんね」と川合さんの気持ちを汲《く》んで、名前をださないで連絡された。大島さんは今、地元の有力な正興電機製作所の会長である。

カメラマンと現場に駆けつけた記者は花哀れの切迫感に、明日の社会面トップは頂いたと胸が震えたそうだ。大車輪の取材活動で、〝通じた市民の風流〟市は再考と八段の記事が紙面に躍った。

筑前の花守りが返歌

その記事を見られた進藤一馬福岡市長（故人）が、花吹雪までの伐採猶予を指示されて〝終《つい》の開花〟がかなえられた。

その頃、檜原桜の受難を知った多くの人たちが、命ごいの歌を次々に桜に寄せていた。数十枚の色紙や短冊が春風に揺《ゆ》れるさまは、さながら王朝時代の観桜の宴《うたげ》の風情《ふぜい》であった。

今年のみの　さくらいとしみ朝ごとに
　つぼみふくらむ　池の辺《へ》にたつ

いや果ての　花のいのちのひらかんと
　蕾の紅の朝あさを濃《こ》し

眼底に　さくらをやどすランドセル
　＊小学生の通学道路だからだろう。

その中に雅号香瑞麻《かずま》の一首があって、のちに筑前の花守り進藤一馬福岡市長の返歌としれた。

桜花《はな》惜しむ　大和《やまと》心のうるわしや
　とわに匂わん　花の心は　　　　　　　　　　香瑞麻

パイプのけむり

作曲家の團伊玖磨さんが、来福中のホテルで檜原《ひばる》桜《ざくら》のテレビニュースを見られて、『アサヒグラフ』連載の名随筆「パイプのけむり」に「ついの開花」と題して取りあげられた。桜の命ごいに、思わぬありがたいエールをいただいたのである。

このエッセーは評判になって、当時のワールドマガジンだった『リーダーズ・ダイジェスト』に転載されて海外の話題になっている。

團さんは花守りたちの招きで、この春、初めて檜原桜と対面された。静かに桜を眺めながら「来年も会いたいですね」と言われたそうだがその四十余日後に中国で客死された。十七年ぶりの、最初で最後のご対面であった。

永久《とわ》の開花へ

花吹雪《はなふぶき》が舞い、若葉の季節になっても、桜は伐られなかった。筑前の花守り（市長）の気持ちを汲んで、市のIさんや関係の人たちが花を生かす道路計画に変更されて、檜原桜に永久の開花がかなえられたのだ。

一本の桜は伐られたが次々に植えたされ、樹下に躑躅《つつじ》や寒椿も。ベンチや照明が設置されて、今では桜のポケットパークとして親しまれている。

葉桜にそよぐ梢の風涼し
花守市長の情通じて　　　妙子

波紋

NIE運動（ニュースペーパー・イン・エデュケーション）という教育のシステムがあるそうで、

中学校のT先生が檜原桜の記事を教室で活用され、中学道徳の副読本にペンをとられている。養護学校の発表会（学芸会）のテーマにもなっている。先生の脚本で、身体の不自由な児童の扮する黄門さまと助さん格さんが、檜原桜を訪ねて、「よい、眺めじゃのう」。胸がつまる情景であっただろう。

＊

桜を愛した筑前の花守りの気持ちを生かそうと岩田屋デパートの中牟田喜一郎会長らの発起で「福岡さくらの会」が、設立され、平成六年には、檜原桜の下に花哀れの花問答の歌碑が建てられている。

花どきには、IさんやKさんグループの朗詠が聞こえ、短冊が桜樹に吊されたりしている。この春、胸を搏《う》たれる一首があった。

いくさ征《ゆ》く君の残せし教典を
撫《な》づるがごとく花は舞い散る　　法蓮僧

初の顔合わせ

花守りたちは、お互いに顔も名前も知らなかったが、歳月が点と線を結んで、黙契の連帯が浮かびあがってきたらしい。

四年前の春、D君が音頭をとって、十三年ぶりに初顔合わせがおこなわれ、故進藤市長の令嬢、経営者、中学教師、地方公務員、朗詠家、記者、さくらの会会員、銀行員らといった、職業も年齢もまちまちの花守りたちが檜原桜の下に集まった。

以来、四月最初の土曜日が「花守り花見会」となって、花縁に結ばれた桜を愛《め》でながら、お互いの元気に乾杯しているそうだ。

思わぬ果報

最初に、SOSの色紙を桜樹に吊したD君は、その連帯を手作りの私文集『花かげの花守りたち』にまとめて、花々の感謝の代筆だと言っている。求められる人たちに進呈してそろそろ三百部になるそうで、末尾を、

あまた　あまた恩寵《おんちよう》うけし花の宴

と結んでいる。


この文集を要約した同タイトルのエッセーが、五年前の春、『文藝春秋』の巻頭随筆に掲載された。

あちこちで無闇に伐られている桜や街路樹が、一本でも二本でも助かればいいと願って書いたそうだが、それが児童向きにリライトされて、昨年度から小学六年生の道徳の副読本『みんなのどうとく』(学研版)に載《の》せられている。

行員の随筆が教科書になった前代未聞《みもん》のハプニングなので、なにはともあれ冷《ひ》やかそうやと、

監査役が発起し、相談役が代表となって、役員からOB、組合までが世話役になって祝賀会を催した。

本人に内緒で話を進めたが二百十余名の盛大な会となって、私もいい気分で祝辞を述べたのだった。

春には俳誌『自鳴鐘』編集長の寺井谷子さんが選ばれた「桜百句」がおくられてきてD君を感激させている。

天に花　地に花　透明な相合傘　　　谷子

彼は十七年前のハプニングを振り返って、桜の周辺に漂《ただよ》っていた花哀れの切なさに包まれたからで、SOS発信の役目はだれでもよかったのだと言う。

そして、花の命ごいを気持ちのままに色紙に書いたが、それがいつしか歌にされてと苦笑している。

花どきになるとD君は、バス停の自販機で買った一本の缶ビールを手に、桜の下に腰をおろして、気分日本一の夜桜見物としゃれている。爛漫の花々にかしずがれて、羨ましい春景色だろう。

むすびに

耳をすませば、周辺から小さな語りかけが聞こえるかもしれない。
黙契の小さな声に耳を傾け、小さなアクションを惜しまないことで、片すみから、美しい日本が開けてくるのかもしれない。

（「ほほづゑ」第三十号秋）

山本照さんを偲ぶ

藤田《ふじた》尚男《ひさお》
（大阪大学医学部名誉教授）

平成十年十月二十七日の朝、私は突然「山本さんはどんなにしておられるだろうか？　今夜電話してみよう」という、思いに襲われました。虫の知らせだったのでしょうか。奇しくも、その夕刻、ご長男の謹一郎さんから「午前十一時四十二分に亡くなられた」というお報《しら》せをいただきました。

九十五歳の大往生、ありし日の山本さんを偲び、私は胸が一杯になりました。

人間の一生には、思いがけない出会いがあります。

昭和十二年の暮も押し迫ったある日のこと、小学三年生だった私は、四歳下の弟がぶら下げてきた相撲の雑誌を何げなく手にとって開いてみました。この時何故かわかりませんが、それまでまったく関心のなかった相撲への興味が澎湃《ほうはい》として湧き上がってきたのを覚えています。「魔がさした」とでもいうのでしょうか。

翌昭和十三年春場所（年二場所当時の一月場所）初日の一月十三日以来ずっと、私は午後四時半から六時半（時には七時）まで、ラジオにかじりつくようになりました。山本照アナウンサーの実況放送でした。当時の幕内十分間の仕切り制限時間を充分に活用して、山本さんは、勝敗だけでなく、各力士の生い立ち、入門してから現在に至るまでの道のり、興味深い多くのエピソードなど、人間としての力士の紹介に時間を割かれました。これらのことから、私は、子供心にも、多くのことを学び、山本さんの放送と相撲とが大好きになりました。

「かたや西の横綱双葉山定次、本名穐吉《あきよし》定次、大分県宇佐郡天津村出身、立浪部屋、昭和二年五月初土俵、昭和七年天竜一派の脱退騒動によりその二月に入幕、しばらく低迷しましたが、昭和十一年春場所に前頭三枚目で、六日目に横綱玉錦のはたき込みに破れた翌七日目、当時の瓊ノ浦を名乗っていた両国に勝ちましてから二年間負けを知らず、昨日まで四十三連勝しております。五尺九寸、三十三貫、均衡のとれた堂々たる体格です。こなた東前頭筆頭の磐石熊太郎、本名小六熊雄、大阪市此花区出身、朝日山部屋、昭和二年一月初土俵、昭和九年五月入幕、五尺八寸、三十五貫、べんべんたる太鼓腹は四天王の一人であります」

「勝負検査役は、東溜りが大正前期の横綱鳳の宮城野、西が打棄りを得意とした昭和初期の中堅力士吉野山の中川、向正面赤房下が昭和初期の横綱宮城山の芝田山、白房下が大正の大関太刀光の鳴戸、正面検査長席が大正時代の誇る小さな大横綱栃木山の春日野であります」

相撲を愛し、力士を愛される山本さんの、暖かみのある、くわしく、わかりやすい説明のとりこになった八歳の私は、新聞や雑誌に首っ引きで、その場所の終わるまでに、幕内と十両の全力士の四股名《しこな》を漢字で読み書きできるようになり、幕内力士の番付の順位と星を苦もなく覚えてしまいました。たとえば武蔵山、鏡岩、安藝ノ海、鯱の里、巴潟、幡瀬川などの難しい字もきわめて自然に記憶いたしました。

また、呼び出しの美声に魅せられて、宗吉、初太郎、金五郎、玉吉さんの名前を知り、それぞれの節回しを真似て、毎日のように練習を続けました。老いた今でも、直接何の役にも立ちそうにないことに興味をもつ性癖は、この頃にすでに萌芽があったと思われます。その背景に、当時の相撲放送の大きな魅力があったことは、いうまでもありません。

それ以後、毎場所このような状態が続き、さらに古い雑誌や新聞をあさり、明治、大正、昭和初期の相撲の記録にもくわしくなってゆきました。

四十五年が過ぎました。山本さんは、昭和五十六年から五十九年にかけて、NHK発行の「グラフNHK大相撲特集号」に、「昭和時代の大相撲」と題する興味深い文章を連載されました。武蔵山、鏡岩、綾昇、旭川、両国、九州山、鹿島洋、桜錦など、数え切れないなつかしい力士たちの物語やプロフィールが飛びかいました。

私は、当時五十五歳前後、大阪の大学に勤めておりましたが、昭和五十九年一月号に掲載された、昭和初期の呼び出しさんについてのお話に興味を持ちました。そして「幼少のころに聞き覚えた節回しの記憶がどの程度に正確だろうか？　当時の録音が残っていないだろうか？」との思いから、私は、東京への出張にさいし余暇を割いて、山本さん宅を訪ねました。

「呼び出しの声の入った録音はどこにも残っていないでしょうね」とのことでしたが、山本さんは、初対面の私に、昔なつかしい面白いお話をつぎつぎと聞かせて下さいました。その美しい節回しが子供心に印象的だった、初太郎さんと玉吉さんが、「前田山」、「磐石」、「男女《みな》ノ川」、「錦華山」などを呼び上げたときの特徴などについて、実例を示しつつ話しましたところ、山本さんは「まったくその通りでしたね」と、相槌を打ちつつ感心して下さいました。山本さんとは、その後もずっと文通が続きました。

九年が過ぎました。私が、定年退官した翌年、平成五年のことです。私は、「相撲が好きになった頃」と題する百枚の拙文を、「医家芸術」という雑誌に載せました。この文を読んでいただいた山本さんから程なく、昭和初期の相撲をなつかしむ手紙がまいりました。しばらくして私は、山本さん宅を再びお訪ねいたしました。心臓を悪くされたとのことでしたが、大変お元気で、時間を忘れて昭和十年夏場所後に武蔵山が、そして翌年春場所後に男女ノ川が横綱になったころのこと、昭和十三年夏場所の千秋楽の双葉山と玉錦との水入り相撲のこと、磐石がクラシック音楽を愛し、ローマ字でサインしたことなど、多くの面白いお話をして下さったのをはっきりと覚えております。大変楽しいひとときでした。

私が三度目に山本家を訪れたのは、その二年後、平成七年十月三十一日のことでした。間もなく九十三歳の山本さんは、「亡くなられる時があるのだろうか」と思えるような元気さで、国民新聞からＮＨＫに入り、昭和八年一月から相撲放送をされるようになったいきさつや、昭和十四年春場所の四日目に双葉山が安藝ノ海に負けたときのくわしい情景などを、聞かせて下さいました。

おいとまするとき、門の前に立って、私が百メートルほど歩いて道を曲がるまで、ずっと手を振っておられたのが、脳裡に強く焼きついて、今もそのお姿が眼前に浮かんできます。


さらに二年が過ぎました。平成九年八月三十日、東京の「ホテル・ニューオータニ」で、山本さんの長寿と、橋本一夫さんの著書『明治生まれの親分アナウンサー　山本照とその時代』の出版をお祝いする会が開かれました。はからずも招待された私は大変喜んで出席させて頂きました。盛会でした。山本さんのおすすめにより、橋本さんのこの書には二ページにわたり、私の拙文を引用して頂いております。

私はスピーチで、大阪から出席させていただいた心境と、昭和十三年頃の山本さんの実況放送の思い出などを、放送の口調をまじえつつ語りました。

会が終わってお別れするとき、九十四歳の山本さんが私に、「今日はこの世の極楽です」とおっしゃったのが印象的でした。翌日の夜、大阪に帰った私は、山本さんから、喜びに満ちたお声で、「いたく感激しております」というご鄭重なお電話を頂き、大変恐縮いたしました。思えば、これが山本さんとの最後の会話でした。


顧みますと、私は、幼少のころ、山本さんの内容に富んだ情熱溢れるラジオ放送を何回も聞き、ごく自然に、相撲の面白さを知り、昔からの文献をひもどく楽しさを味わい、相撲の中に凝縮された人生の縮図さらには哀感や教訓を感じとりました。「努力せよ」、「運も実力のうち」、「チャンスは的確につかめ」、「嘆くな、くじけるな」などを幼いながらに実感しました。

これらのことは、私の人生に多彩な影響を与え、今も私の体内に生きております。「人は死すとも魂は永遠に残る」とは、こういうことなのでしょうか。

山本さんと直接お会いしたのは、わずか四回だけでしたが、人間を愛し、相撲を愛された、暖かいお人柄は、私の心の中に浸透し、神経細胞に強く刻まれております。本当にありがとうございました。

山本さん。どうか、静かに安らかにお休み下さい。

平成十年十月三十日

藤田　尚男

（「医家芸術」第四十五巻十一月号）

（追記）本稿は、山本照さんの御葬儀に読み上げさせていただいた弔辞の原文であります。私は今もこのような想いに駆られること、しばしばです。ひたすらご冥福を祈ります。

嚢《ふくろ》の中

車谷長吉《くるまたにちょうきつ》
（作家）

うちの嫁はん（高橋順子）は出好きである。つまり、お出掛けが大好きである。私達が所帯を持ったのは平成五年の秋であるが、嫁はんは四十九歳、私は四十八歳、ともに初婚だった。嫁はんはそんな年まで都会の独り者として気儘《きまま》な暮らしをして来たので、その癖が抜けず、出好きが修まらないのである。

また、嫁はんは臑《すね》に剛毛が生えた女である。それをさかんに気にして、通信販売で電気臑毛抜きを求め、出掛ける前には丹念に、一本一本しつこく臑毛を抜いてから出掛ける。自分でも見苦しいと思うているらしい。その日も三浦半島三崎の旅館で歌仙の会があるとかで、お出掛け前に、電気臑毛抜きの執念深い電動音がしていた。嫁はんはそれを「女のたしなみです。」と言うが、私には女の浅ましさとしか思えない。そして朝からいそいそと出掛けて行った。

さて、そうして嫁はんがお出掛けしてしまうと、昼飯を出してくれる者がいない。私は近所の駒込大観音通りの泰平軒へ五目炒飯《ごもくチャーハン》を喰いに行った。炒飯が出来て来るまで、店においてある読売新聞を読んでいた。プロ野球の読売巨人軍が負けた日の翌朝の読売新聞を読むのは愉快である。すると、不意に「人生案内」という欄に次ぎの記事が出ているのが私の心を抉《えぐ》った。

《20歳代後半の男性です。浪人して大学の経済学部に入りましたが、興味が持てずに中退しました。その後、いろいろなアルバイトや仕事を経験しましたが、長続きせず、何をやっても一生懸命に頑張ろうという意欲がわきません。

仕事は生きていくために必要だし、人の役に立ちたいという思いはあります。両親と同居していますが、大人になれば子供は親元を巣立ち、社会人として生きていくのが当たり前とも思います。しかし、自分が何をやりたいか、何ができるのか、そのことが分からないのです。写真や登山、演劇などもやりましたが、やはり続きませんでした。「自立」も含め、自分には、他にやるべきことがあるような気がするのです。

両親には「考えが甘い」と言われますが、納得のいかない思いがわだかまったままです。どうすれば自分を生かす道を探せるのでしょうか。

(東京・A男)》

(読売新聞平成十一年四月二十八日)

この文章が目に入った時、私はこれは決して他人事ではないと思うた。私も二十歳《はたち》代に、同じように自己の存在の無価値に心迷い、果ては会社員を辞め、すってんてんになるまで自棄《やけ》糞に酒を呑み、さ迷い歩いた時期があった。その後、人に強いられるままに小説原稿を書き、世の中では一トまず「文士」ということにはなっているけれど、併し小説家であることは決して「よきこと」ではない。寧ろ「悪しきこと」であって、このA男と同じように「納得のいかない思いがわだかまったまま」その日その日を送っている。A男の問いに答えて、小説家・新田次郎の倅で数学者の藤原正彦氏が回答を書いていた。
《せっかく入った大学を中退し、仕事をしても頑張る意欲がわかず、長く続かないとのこと。20世紀後半に日本は、頑張らなくとも食べていける、という史上はじめての社会を実現しました。若者が頑張る必然性を強く感じないのは仕方ないことと思います。有史以来ほんの数十年前までの日本では、頑張らないと餓死しましたから、だれもが一生懸命に生きたのです。

　自立とは何はともあれ、経済的自立（個人または夫婦の）と思います。これなくしては何の自立もありえないからです。この意味であなたはまだ半人前です。

　情報にあふれ、選択が無限にあるかに見える現代、進むべき道を選ぶのが難しいのはよく分かります。ただ、あなたは、ここまで生きてきた過程で親や社会から大きな恩恵を受けており、その恩返しをしなければいけません。はじめから自分を見すえ、遠くを見通すことは至難です。遠回りであってもいつか自分の求める所にたどり着く、くらいの気持ちで歩き始めることです。》

　恩返し、要するに江戸幕藩体制末期の二宮尊徳ばりの報恩思想である。これでは何の回答にもなっていない。だが、これは藤原正彦氏が阿呆だからではなく、A男の悩みは実は明治以来、近代日本の青年の苦悩であって、それ程に根の深い問題なのである。
《私は此世に生れた以上何かしなければならん、と云つて何をして好いか少しも見当が付かない。私は丁度霧の中に閉ぢ込められた孤独の人間のやうに立ち竦んでしまつたのです。（中略）

　私は斯《か》うした不安を抱いて大学を卒業し、同じ不安を連れて松山から熊本へ引越し、又同様の不安を胸の底に畳んで遂に外国迄渡つたのであります。然し一旦外国へ留学する以上は多少の責任を新たに自覚させられるには極つてゐます。それで私は出来るだけ骨を折つて何かしやうと努力しました。然し何《ど》んな本を読んでも依然として自分は嚢《ふくろ》の中から出る訳に参りません。此嚢を突き破る錐《きり》は倫敦《ロンドン》中探して歩いても見付りさうになかつたのです。私は下宿の一間の中で考へました。詰らないと思ひました。いくら書物を読んでも腹の足《たし》にはならないのだと諦《あきら》めました。同時に何の為に書物を読むのか自分でも其意味が解らなくなつて来ました。》

これは大正三年十一月二十五日、夏目漱石が学習院輔仁会で行なった講演「私の個人主義」の一節である。この漱石の「嚢の中」に閉じ込められた不安は、A男の焦燥とまったく同じ性質のものである。A男は自分の陥った「嚢の中」でもがき、足掻《あが》き、「嚢を突き破る錐」を求めて、読売新聞の「人生案内」の欄に投書したのである。が、これと言う回答は得られなかった。ざまァ見やがれだ。私もまた頭脳に些少知恵が付いてからこの方、自己の存在の無価値に心を迷わせて来た。私は自分が二十歳《はたち》代の前半に読んで、己《おの》が心に刻印された文章を思い出した。

《ある学生がドイツ語の試験解答欄に次のような「答案」を書いていた。

「朝起きて、顔を洗って、御飯をたべて、バスに乗って、絵の学校へ行って、絵を画いて、授業が終って、地下鉄に乗って、駿河台へ来て、明治大学へ来て、勉強して、バスに乗って帰る。」

この学生は昼間は絵の学校へ行っているらしい。それは彼が自分の人間性をとりもどす機会なのであろうか。しかし、その人間らしい仕事さえもが、ここでは一つのきまりきった閉塞世界のくりかえしとしてあらわれている。あたかもそれは、機能のおとろえた老人が、日々の仕事としてマッサージ師のもとに通っているのとかわらない印象である。青年はひどく疲れているようである。そして、かつて明治末期の青年たちが「何か面白いことはないかねえ」という「不吉な言葉」(石川啄木)をくりかえしながら、無気力彷徨したように、現代の青年もまた停滞の中で眼を見ひらいたまま、どこからか新しい世界の影像が近づいて来ないかと、焦燥の念をいだいて見まもっているかのようである。

しかし、その可能性はないであろう。(中略)

さて、このような自己疎外の体系化——宿命化の呪縛を打破する呪文は一体あるのだろうか？ある人々は「革命」をその呪文と信じており、他の人々は「愛」と「教育」の復興を掲げている。かつて啄木は、そのために「明日の考察」を説き、一切の空想を排除したのちに残る「唯一の真実——必要！」の大胆な追求を提唱した。現代の青年たちもまた、その「必要」がどこにあるかをたえず探し求めてはいる。しかし、その追求のエネルギーは、ともすると衰弱したまま、沙漠のような大社会の地底に消え失せることが少なくない。見わたしたところ、若い人々の精神世界の風景は荒涼として光がない。それは明治末期の青年たちの精神風景と同じであり、あるいはまた、昭和十年前後、理想を見失ったファシズム前期の学生群の生態と似ていなくもない。

歴史はくりかえしている。さし当って、今、われわれの「必要」は、この歴史の狡智にみちた循環をたちきるために、どんなささやかでもよい、自己の中に不滅の部分を作りだしてゆくことであろう。そして、それを日常の仕事(職業ではない)の中に確かめてゆくことである。》(橋川文三「疎外伝説の歴史像——明治と昭和の学生たち」)

この橋川文三の文章は昭和三十七年十一月一日、橋川が政治学講師をしていた明治大学の「駿台論潮」第五十六号に発表されたものである。ここに描かれた現代青年の肖像は、哀れなA男の姿そのものである。が、一つだけ違う部分がある。このような堕落青年の姿に触れて、橋川は「どんなささやかでもよい、自己の中に不滅の部分を作りだしてゆく」ことを、一つの指針として提示できたのが、昭和三十年代であって、平成十二年の今日においては、も早、そういうことは出来ないのである。人類滅亡が目の前に迫っているのが、歴史の現在として明らかになってしまったからである。従って私の心にあるのは虚無だけである。

編輯者の狡賢さは、書き手である私をおだてるのに、「我われはあなたに不滅の文学を書いていただきたいが故に、こうして陰働きをしているのです。」という風なことを平気で言うが、たとえ人類の未来があと七十年、八十年あるにしても、この地球の五十億年余の歴史においては、ほんの一瞬のことである。近代主義の行き詰まり、にも拘らず近代主義を推し進めて行く以外にないジレンマ、その結果としての資本主義の繁栄、人口爆発、資源枯渇、環境汚染、核燃料政策の破綻、その他、人類がそう遠くない将来に滅亡することは、必然である。そういう時代に私達は生きているのだ。不滅の文学もへったくれもない。

歴史とは、カント、ヘーゲルの哲学以来、地球の時間軸の中で「人類の進歩」を前提とした学の体系であるが、「人類の進歩」が停止してしまった今日、も早、私達に生きる目標はない。少なくとも大航海時代のような「大きな物語」としての大目標はない。そういう意味では、すべての人がA男と同じ状況におかれているのだ。「出口なし」「お先真ッ暗」である。「人類の滅亡」を前提に生きなければならないということは、言わば「時間の停止」である。と言うことは、私達は

「歴史の終焉」に鼻づらをぶつけたということだ。従って二十一世紀は人類最後の世紀ということになるだろう。いい気味だ。

近代小説は十八世紀、英国の産業革命とともに、まず英吉利に勃興し、それが仏蘭西に飛び火し、独逸に拡がり、十九世紀には露西亜で全盛を迎え、つまりあらゆる意味での近代主義とともに発達して来たのであるが、それは言い直せば「人類の前進」という観念を背景にしたものであった。小説、すなわち散文精神とは「前へ進む」ことだった。が、二十世紀末の「時間の停止」とともに、私達は「前へ進む」ことが出来なくなった。と言うことは、近代小説も生産の基盤を失った。存在の無根拠性にさらされることになったのである。も早、本来の意味での近代小説は不可能だ。それに気が付かないで、月々の文藝雑誌を編輯している編輯者の阿呆さ加減は措くとしても、その結果、月々上板される文藝雑誌の輝きのなさほど、今日の「歴史の終焉」という状況をよく現しているものはない。

それが証拠に、たとえば平野啓一郎氏の小説などは、西欧の十六世紀に材を採った「日蝕」(新潮社)、あるいは明治時代の奈良県の山の中を舞台に書かれた「一月物語」(新潮社)にはある輝きがあるが、「波」平成十一年五月号に発表された「清水」は、当節の京都を舞台にした現代小説であって、これは無慙な駄作である。つまり「時間が停止」している。「歴史の鼓動」が聞こえない。天才・平野啓一郎氏を以てしても、今日において小説を成功させるためには、遠い過去の時代に材を採るほかはないのだ。

橋川文三が書いている石川啄木の言葉「何か面白いことはないかねえ」は、啄木が「新小説」

明治四十三年六月一日に発表した「硝子窓」の中に出て来る言葉で、正確には「何か面白い事は無いかねえ。」である。思うに、この「何か面白い事は無いかねえ。」は明治以来、最大の流行語である。尤も近頃では、この言葉に代わって「何かいいことないィ。」という腑抜けた言葉が使われているが。マルティン・ハイデッガーによれば、二十世紀人を特徴づける三つの特性は「好奇心」「おしゃべり」「無関心」であるが、A男の精神の頽落もまさに「何か面白い事は無いかねえ。」であって、つまり、この男は永遠に決断できないのだ。私と同じように。無論、「決断」とは自殺の決断である。

私が駒込蓬萊町の泰平軒で読売新聞の「人生案内」を読んだ時、一瞬にして私の頭を去来したのは以上のようなことだった。嫁はんが朝からいそいそとお出掛けしてしまったが故に、私もまた「嚢の中」に閉じ込められてしまった。

（「新潮」二月号）

花園《スワンドッグ》村の田舎暮らし

海野《うんの》眞由美《まゆみ》（主婦）

放し飼いの雄鶏二羽が、縄張り争いのけんかをした。古参の「プリンス」と若い雄鶏だ。この手の争いは、時に三日がかりにもなるけれど、今回はプリンスが一突きで若鶏を絶命させ、ものの十分ほどで片がついた。「プリンス、やる時はやるじゃない」。

プリンスは我が家の鶏の中でも特に温厚な気質で、ふと見ると、ひよこや雌鶏に食べ物を譲っていたりする。小さい頃、早く母親に見捨てられ、兄弟七羽で地道にえさを探し、鶏小屋にも居られずにマンゴーの木に寝て育ったからだろうか。伝染病の大流行にも生き延び、一度は市場に売りに出したのに、重すぎて値段が張るからと返された。私がタイ北部・チェンライの花園《スワンドッグ》村に移り住んで程なく生まれた鶏。ともに育ってきたせいか、思い入れがある。

この土地では、鶏の命はあっけない。夕飯に食べるなら、午後三時以降に絞める。早く殺すと不味《まず》くなる。夕方には、熱々のスープになる。闘鶏の血が混じっているから、今回のような命がけの闘争も珍しくない。幼いひなはもっとかよわい。元気に走り回っていたかと思えば、急なスコールに打たれて、あっという間に死んでしまう。ハゲタカや蛇に襲われることもある。

逆に、小さな命のたくましさに心打たれることも多い。母親が卵を抱き終わった時、孵《かえ》りきれずに鳴いている卵がある。拾ってきて、もみ米に埋めて弱火にかけると、時にちゃんと「誕生」する。火を止め忘れて、ゆでひよこにしてしまったことも多いけれど。幼いころ、けがで一本脚になってしまったひなも、自分でえさと寝床を探し、時間はかかったが、一人前の若鶏になった。売るのは惜しかったので、家で食べた。

毎日、鶏と同じ米を食べ、庭の果物や池の野草を摘んでいるせいか、私の命も、鶏たちと同じ重さに思えてくる。小さくはかないけれど、きょう、生きていることが、正しく、ごく自然なことに感じられる。いたずら山羊も、ウサギも猫も、同じ水と風と光を受けて、同じ土地に生きている。母屋に入り込んで厄介なアリやヤモリも、この土地の住人なのだから仕方ない。虫たちは、揚げればおいしいつまみになるし、鶏や魚の大事な栄養源でもある。カゲロウに似た虫が大量発生した翌朝には、電燈の下に降り積もった死骸を、掃き集めて池に返す。無駄な命は一つもない。

陽射しの強い午後二時ごろには、鶏も動物も、池の魚まで、そろって日陰で昼寝に入り、静かなひと時が訪れる。昼寝からさめたら、みんな一斉に食べ物を探す。私も、夕飯の食材集めだ。

バナナの花や、まだ若いジャックフルーツの実は、サラダや和え物にする。家にないハーブ類は近所からもらい、近くの青空市場まで、足りない肉や野菜を探しに行く。その日に殺した豚や水牛の肉は、氷にもあてないで、そのままテーブルに載せて売っている。殺したての豚は、ほのかに甘い。家の野草やオリーブが採れる時期には、私も市場の売り手になる。

電気だけは来ていて助かるけれど、水道はない、電話もない、もちろん新聞も来ない。初めは随分戸惑った。四年ほどが過ぎた今、花園村の田舎暮らしが日常になった。私には程よく、しみじみとありがたい。

（「ちくま」十二月号）

ふたりの英雄がいた。

海老沢《えびさわ》泰久《やすひさ》（作家）

長嶋茂雄は現役選手時代に成しとげた偉業から、しばしばベーブ・ルースと並び称される。ルースはいまや記録の面からは大リーグ一の選手ではない。一九二七年に記録した60本のシーズン最多ホームラン記録は一九六一年に61本を打ったロジャー・マリスによって破られ、714本の通算最多ホームランの記録も一九七四年にハンク・アーロンによって破られた。シーズンホームランは現在ではさらに大量生産され、一九九八年にはマーク・マグワイヤが70本を打った。

しかし、マリスもアーロンもマグワイヤもルースを超える英雄にはならなかった。ただルースの記録を破った選手として名前が残っているだけで、それは今後も変わらないだろう。シーズン最多ホームラン記録を最初に破ったマリスなどは、記録更新が目前となったシーズン終盤の試合では行く先々の球場で観客からブーイングを浴びなければならなかった。大リーグでただ一人の英雄はルースで、ほかの誰も彼にとって代わることはできないのである。

長嶋も同じだ。彼も記録の面からは日本一の選手とはいえない。通算ホームランでは868本の王貞治に424本劣り、通算安打では3085本の張本勲に614本劣る。しいて長嶋が持っている記録をあげるなら、大学出身の選手として最初に2000本安打を打ったことぐらいだろう。

しかしルースの場合と同様、長嶋をさしおいて王や張本を日本野球の英雄だという者はいない。正直に白状すれば、ぼくはその代表的人間の一人といわなければならない。長嶋が現役を引退した一九七四年の時点では、彼の通算ホームラン444本は王の634本、野村克也の591本についで三位、通算安打2471本は野村の2475本についで二位だった。それが現在は、ホームラン記録において十一位、安打記録においては七位になってしまった。追い抜いていったのは、門田博光、衣笠祥雄、山本浩二といった面々だったが、ぼくはその努力を賛えつつも、一方で彼らに非常に不愉快な思いもしたのである。彼らのやったことは英雄の偉業を汚《けが》す行為だった。

しかし、ルースと長嶋ではちがっていたことがひとつあった。それは、一方は監督をつとめ、一方はつとめられなかったことである。

ルースはヤンキースの選手時代からヤンキースの監督になることを熱望していた。ルースが最初にその夢が実現するかもしれないと思ったのは一九二九年だった。ルースがレッドソックスからヤンキースにトレードされたのは一九二〇年だったが、それ以前からヤンキースの監督をつとめていたミラー・ハギンスがシーズン中に丹毒で死んだのである。しかしヤンキースは後任にはピッチングコーチだった男を昇格させ、ルースのことは無視した。

翌三〇年のオフ、ヤンキースはピッチングコーチだった男の首を切り、カブスの監督だったジョー・マッカーシーを新たに雇った。ピッチングコーチだった男がはかばかしくなかったからだが、ルースはこのときは黙ってその経過を見ていることに我慢できず、オーナーのジェイコブ・ラパートに直談判をしに行った。ルースはスーパースターである自分の望みは何でもかなえられると思っていた。しかしラパートはこういってルースの希望を拒んだ。

「わたしはプレーイングマネジャーというのには反対なんだ」

ルースは反論した。

「トリス・スピーカーはプレーイングマネジャーだった。タイ・カッブもプレーイングマネジャーだったし、ロジャー・ホーンスビーもそうだった」

むろんラパートはルースの反論には耳を貸さなかった。ラパートはルースを監督にしようなどとはいささかも考えていなかった。

「自分自身さえも監督できない者がどうして他人を監督できるのだ」

これはラパートの下でゼネラルマネジャーをつとめていたエド・バローがルースを評していった言葉だが、ラパートもそう思っていたのである。

じっさいルースは大酒飲みで女に目がなく、時間はいっさい守らなかった。一九二五年のシーズンにはそれがあまりにもはなはだしかったので、監督のミラー・ハギンスから5000ドルの罰金を科された。そのときのルースの年俸は5万2000ドルだったからルースにとってはその約一割にすぎなかったが、当時の5000ドルはルース以外の選手のほぼ年俸分に相当した。ヤンキースでルースのあとの四番を打っていたルー・ゲーリッグですら、それから二年後の一九二七年に8000ドルをもらうのがやっとだったのである。しかしルースはその罰金を払わず、酒を飲んで女と遊ぶのもやめなかった。それぱかりか罰金を科したハギンスのことは「ノミ」と呼んでバカにしていた。

一九三四年、ルースは三十九歳になった。すでに最盛期をすぎ、三〇年に8万ドルまで上昇した年俸も相つぐ減額で2万5000ドルに落ちこんだ。それでもゲーリッグの2万3000ドルより多く、依然として大リーグ一の高給取りだったが、ルースには面白いことではなかった。我慢していたのはまだヤンキースの監督になる夢をあきらめていなかったからだった。三五年にはマッカーシーの監督契約が切れることになっていた。

一方、ヤンキースはルースを厄介払いしようと考えていた。ルースは往年のように打てなくなったばかりでなく、長年の友人だったゲーリッグと仲違《たが》いをしたりしてチーム内で悶着ばかり起こしていた。なかでも監督のマッカーシーを嫌い、新聞記者の前でもどこでもこういってはばからなかった。

「マッカーシーは監督として能なしだ」

ルースをヤンキースから厄介払いするいい方法が見つかったのはその年のオフだった。当時ボストンを本拠地にしていたブレーブスのオーナーのエミール・フックスがルースをほしいといってきたのである。

そのころブレーブスは弱く、観客が集まらなかったので経営危機に陥っていた。それを解決するには観客動員を見込めるスター選手が必要で、ルースほどそれにぴったりの選手はいなかった。ルースの肉体はすっかり衰え、かつてのような打棒は期待できなかったが、人気だけは以前と変ふたりの英雄がいた。

わらなかった。

しかし問題があった。それはルースが監督としてでなければもう球界には残らないと公言していたことだった。そこでヤンキースとブレーブスのオーナーは相談し、ルースを騙すことにした。その案は、ブレーブスはルースと選手として契約するが、球団重役の地位も与え、球団が適当と判断すれば将来は監督になってもらうこともありうるというものだった。ルースは簡単に騙され、一シーズンだけプレーすれば三六年には監督になれると思ってブレーブスと契約した。ヤンキースの目的はルースを厄介払いすることだったので、ブレーブスからトレードマネーは1ドルも取らなかった。

ルースが騙されたことに気づくまで長い時間はかからなかった。三五年のシーズンがはじまると、ルースの肉体はがたがたで野球ができる状態ではないことがはっきりした。五月にシーズン6本目のホームランを打ったあとでルースは引退を表明した。六月二日に新聞記者を集めてその記者会見を開いていると、その席にブレーブスのオーナーのフックスからの声明文が届いた。それにはこう書かれていた。

「わたしはルースを無条件に解雇した。彼はブレーブスとはもはや何の関係もない」

その後もフックスはべつの声明を出し、チームがうまくいかなかったのはルースのせいであり、ルースが球団の規則に違反し、また他の面でも振舞いがよくなかったと非難した。それでルースは完全に野球失格者となり、一九四八年の八月に死ぬまで二度とユニフォームを着ることはなかったのである。

長嶋はルースとは反対に模範的な野球選手だった。彼はルースと同じく球界最高の選手だったが、ルースのようにわがままではなく、チーム内で悶着を起こすようなこともなければ、監督を批判するようなこともなかった。ジャイアンツが長嶋が現役を引退する前から彼を次期監督にしようと考え、じっさいに彼が引退した翌年の一九七五年に監督に就任させたのは当然のことだった。

ぼくもそれを諸手《もろて》を上げて歓迎した一人だった。その年、ジャイアンツはチーム史上初の最下位に沈んだが、ぼくはこのときほど足繁く後楽園球場に通ったことはない。こういうときこそ応援するのが真のファンだと本気で思っていたのである。大学を卒業したばかりだった。

しかし熱狂の時がすぎると、しだいに長嶋の監督としての能力に疑問を抱くようになった。長嶋のジャイアンツは、翌七六年には最下位からの優勝という離れ業をやってのけ、七七年にも連続して優勝したが、あとで考えればその原動力となったのはファイターズからトレードで獲得した張本勲だった。彼が開幕からものすごい勢いで打ちつづけ（七六年のシーズン打率3割5分5厘）、王貞治一人となって死んだようになっていた打線に火をつけたのである。投手陣で同じようなはたらきをしたのは加藤初だったが、彼も張本と同じように七六年に当時の太平洋クラブ・ライオンズからトレードでやってきた選手だった。加藤は七六年に15勝4敗8セーブの成績をあげた。いうなれば、七六年と七七年の優勝は球団フロントの勝利だった。

張本が年齢的な衰えから打てなくなり（七八年3割9厘、七九年2割6分3厘）、加藤も勝てなくなると（七八年8勝5敗3セーブ、七九年7勝10敗2セーブ）、長嶋の不可解な采配ばかりが目立つようになってきた。仕掛けるべきではないところでヒットエンドランを仕掛け、代えるべきではないところでピッチャーを代えた。それはある意味では意表をつくものだったので相手をおどろかせ、信じられないような勝利をチームにもたらすこともあったが、むろん負けることのほうが多かった。

「カンピューター野球」

それが常識では理解できない長嶋の野球にマスコミが冠した名称だった。

もうぼくは長嶋の野球は見たくなかった。不様で見ていられなかった。長嶋のヒットエンドラン作戦はしばしば相手に見抜かれ、ピッチャーにウエストボールを投げられて、ランナーが簡単に二塁で殺された。長嶋はそれを恥と思っていないようだったが、ぼくは恥ずかしかった。またマスコミに「カンピューター野球」と揶揄され、その失敗が面白おかしく伝えられることにも耐えられなかった。

その長嶋がジャイアンツの監督を解任されたのは一九八〇年のシーズンオフだった。親会社の読売もようやく彼が監督には向いていないと気づいたのである。それにはみんなが大騒ぎをした。「カンピューター野球」と揶揄していたマスコミまでも、そういって暗に彼を批判していたことを忘れたふりをして大騒ぎをした。これで長嶋の恥ずかしい姿を見なくてすむといった人は一人もいなかった。ぼくもこれで長嶋のユニフォーム姿を見られなくなると思うとさびしい気持がした。しかしぼくはホッとした。長嶋は英雄だった。英雄には英雄にふさわしくない姿は見せてもらいたくなかった。

しかしそれから十二年後の一九九二年、長嶋は再びジャイアンツに監督として戻ってきた。ぼくはおどろいた。その十二年間の長嶋の言動でぼくが覚えていたのは、世界陸上を見物に行った彼がスタンドから目の前を歩いて通りすぎようとしたカール・ルイスに「カール、カール」と呼びかけたことぐらいだった。もちろんルイスは無視した。ルイスは彼をどのような存在と考えていたのか知らないが、長嶋は一度か二度しか会ったことのないルイスを気安い友達のように思っていたらしかった。このときの「カール、カール」は、その後お笑い芸能人たちによってテレビでずいぶん物笑いの種にされた。長嶋が以前マスコミに「カンピューター野球」と揶揄された自分の野球を反省し、新たな野球論をたずさえて球界に戻ってきたとはぼくにはどうしても思えなかった。

このときの長嶋は、ベーブ・ルースがヤンキースとブレーブスのオーナーに騙されて、ブレーブスの人気とりのためにブレーブスに移ったのとよく似ていた。オーナーをはじめとするジャイアンツの関係者たちは長嶋の監督としての能力を誰も信じていなかった。彼らが期待していたのは依然としてそれだけは健在だった長嶋人気によるテレビの視聴率アップだった。

しかしそのためにはジャイアンツが勝つことも必要で、それには戦力のテコ入れをしなければならなかった。それをしないでチームを長嶋一人に任せておくと最下位になってしまうということを誰よりもよく知っていたのは彼らだったからだ。

彼らは長嶋の人気を当てにしたが、ヤンキースやブレーブスのオーナーたちほど悪人ではなかった。彼らは長嶋が監督になると同時にどうしたら強力な選手を手っとり早くジャイアンツに集められるかを画策しはじめた。一九八〇年に長嶋が辞めたあとは、藤田元司が二度と王が一度監督をつとめたが、彼らが監督をしていたときはそういう特別な画策は何もしなかった。彼らの画策は、長嶋が三位でシーズンを終えたあとの九三年のシーズンオフに、ドラフトでの逆指名とフリーエージェント制の導入という形で実りを見た。これでジャイアンツはアマチュア野球からもライバル球団からも強力な選手を取り放題に取れることになった。

　またジャイアンツがその二つの制度を利用して選手を獲得するとき、長嶋の存在は非常に強力な武器になった。長嶋が一緒に野球をやろうといえば、断る選手はいなかったからだ。一匹狼を任じ、権威を嫌って名球会に入会することも拒んだ落合博満ですら、フリーエージェント制が導入された最初の年の九四年にジャイアンツにやってきた。一緒にやろうと長嶋が声をかけ、落合はそれによろこんで応じたのである。

　ジャイアンツから出て行こうとする選手を引き止めるときも長嶋は役に立った。九三年のシーズンオフに槙原寛己がフリーエージェント権を行使して他球団に行こうとしたとき、長嶋は何を思ったかバラの花束を抱えて槙原の家を訪ねた。すると槙原は感激して他球団に行く意志をひるがえしたのである。ぼくは新聞に載ったバラの花束を抱えた長嶋の写真を見て、こんなことまでしなくていいのにと思ったが、ジャイアンツは平気で彼を利用した。長嶋はジャイアンツにとって何をする場合でももっとも利用しがいのある便利な人物だった。

　そうしてジャイアンツは逆指名で仁志敏久、高橋由伸、上原浩治、フリーエージェントでは落合、広沢克己、清原和博、工藤公康、江藤智といった選手を集め、それ以外にもマリーンズからエリック・ヒルマン、スワローズからジャック・ハウエル、タイガースからダリル・メイなどの外国人選手を引き抜いた。その結果、ジャイアンツと長嶋は九三年から二〇〇一年の今年までの九年間に三度優勝したが、ぼくはそれがジャイアンツと長嶋の成功の証《あかし》だとは思わない。その同じ九年間に、ジャイアンツのような補強はいっさいしなかったスワローズは、今年も含めて四度優勝しているのである。

長嶋を利用しようとしたジャイアンツの失敗はそればかりではなかった。ジャイアンツが長嶋を監督にすることによってもっとも期待したのはテレビの視聴率アップだった。当初は成功した。ところがジャイアンツ戦の平均視聴率は九四年の23・1パーセントをピークに年々落ちつづけ、去年は18・5パーセント、今年にいたっては八月までで15・1パーセントまで落ちてしまったのである。壮大な皮肉としかいいようがない。

むろん原因はジャイアンツがみずから画策した逆指名とフリーエージェント制によって有力選手をジャイアンツだけに集めすぎたことだった。きっとオーナーをはじめとするジャイアンツの関係者たちは、スポーツというのは相手があってはじめて成立するものだということを知らなかったのだろう。有力選手があまりにも多くジャイアンツに集まってしまったために、セ・リーグの他チームはすべて弱々しくとるにたりないチームに見えるようになってしまったのだ。そのうえ長嶋はそれだけの戦力を与えられても、特別の補強は何もしなかったスワローズよりもすくない回数しか優勝できなかった。ようするにこの九年間は何もかも理屈に合わない九年間だったのである。

長嶋が記者会見を開いてみずから監督辞任の発表をしたのは九月二十八日だったが、ぼくは何の感慨も抱かなかった。オーナーは八月までは長嶋は永久監督だといっていたのに、なぜとつぜん辞任することになったのかということも穿鑿《せんさく》しようとは思わない。こんどこそ長嶋は永遠に英雄に戻ると思って心の底からホッとしただけだ。

しかし、いうまでもないが、長嶋は監督を、それも十五年もつとめただけ、ベーブ・ルースよりはずっと幸福だったのである。

(「ナンバー」十月号)

ベーリング海峡と五十ドルの島

曽《そう》 望《ぼう》 生《せい》
（医師）

事の始まりは、一枚の切手からだった。

地図の切手を蒐《あつ》めている。或る日、一枚のロシア切手を見つめていた。一九六六年に発行されたもので、ビートス・ベーリングの第二回極東探検の航路と探検船セント・ピーター号が描かれてある。航路はカムチャツカ半島の南東岸から出発、北太平洋を東に向かって横断してアラスカ南岸を巡り、アリューシャン列島に沿うて南下、ベーリング海にある島で途切れてあった。「1741」と「司令島」と併記してある。一七四一年ベーリングの乗船が難破して辿りついた島で越冬、病が重くなって息をひきとったことを意味している。島は今ベーリング島と呼ばれている。

平凡社の世界大百科事典で「ベーリング海峡」の項をひらいて見た。アジアとアメリカ両大陸の最狭部は八十五キロメートル、最深部はわずか四十二メートル。十月から翌年の八月まで流氷群に覆われる。海峡中央部にダイオメード諸島があり、西のビッグダイオメード島は面積十平方キロメートルでロシア領、東のリトルダイオメード島はアメリカ領である。両島間の距離は四キロメートル、まさに「手の届くほど」と記述されている。両島についての別項目はない。三省堂の「コンサイス外国地名事典」にも、ダイオメード島の記載はない。

平凡社の世界大地図帳でベーリング海峡を調べたが、海峡は空白で島は存在しないのである。ナショナル・ジオグラフィック社の世界地図をめくって見たら、はっきりとベーリング海峡を横切る日付変更線の東西に、大小二つの島が侍るように描かれている。リトルダイオメード島の東南にフェア　ウェイ　ロックという無人島も点在している。別欄に両島の拡大図まで添えてある。東経百六十九度線と国境線を挟んで両島がそれぞれ色を違えて彩色してある。ダイオメード市とラトマノーバ市が各島の西側に位置していることまで示している。後で知ったのだが、クック船長が一七七八年に第三次航海探検でベーリング海峡を通過した時も、三つの島があると記録してあった。何と奇特な島があるものだ。

氷河期のベーリング地峡を、考古学的にベリンジアと呼称している。ベーリング陸橋という。約一万五千年以前、ユーラシア大陸と北米大陸は陸続きだった。そこをアジアから北米に渡ったモンゴロイドの人達が、アメリカインディアンを始め、南米アメリカの先住民の祖先になった史実はよく知られている。

ベーリングが一七二八年、第一次極東探検でアジア大陸と北米大陸は陸続きでない事実を確認した。その探検で海峡を通過した際、丁度八月十六日聖ダイオメード節の日にダイオメード両島を発見したので、そのように命名した由来だった。一七四一年の第二回探検は、北米大陸を確認し上陸する任務だった。

しかしロシアはヨーロッパの国際関係に多忙で、政府はアラスカ経営に本腰を入れたのは一七九九年になってからであった。また正式にアラスカ領有を主張したのは八十年後、一八二一年になってからである。三、四年後にロシア政府は、漸くアメリカとイギリスとそれぞれ現在のような国境線を画定したのであった。

その後ロシアはクリミア戦争で国費を消耗し、アラスカをアメリカに譲渡することを申し出た。当時の国務長官ウイリアム・スワードは、アラスカ領有は将来アメリカに有利であると判断し、七百二十万ドルで買収に同意した。一八六七年のことである。一英畝につき二セントの値段だった。寒いだけの荒野だというので「スワードの冷蔵庫」と嘲笑された。しかし翌年には、北極海に面したブルドーベイで油田、暫くして金鉱も発見されて、アラスカは一時ゴールドラッシュに沸いたのであった。

ロシアは日本の四倍もある広大な土地を売りながら、何故僅か十平方キロメートルの小島を残したのだろう？　両島とも残してもよい筈ではないか？　只単に売り惜しみか、或いはせめて端金を残すだけの単純な心理に過ぎないのだろうか？　譲渡談判に臨んだ双方の胸算用が興味深い。ビッグダイオメード島は面積十平方キロメートル、一英畝二セントなら五十ドルの値段であった。

一八八四年にワシントンで子午線国際会議があって、日付変更線が両島の中間に設置された。

アメリカの知人にダイオメード島の情報を要求したら、三日後に十四頁のファックスを送ってくれた。島の位置、気候、歴史と一九九〇年の国勢調査資料が冒頭にあった。人口百七十八人。男百人、女七十八人。原住民は百六十七人（九十三・八％）。四十一戸で空家はない。住民は四十四種類の職業に従事して失業者は零だった。主に鱈や蟹の漁業やオットセイ、セイウチ、鯨を捕らえ、獣皮や牙の加工、彫刻など、半分は自家食糧、半分は販売に従事しているようだ。一九九八年五月一日の現在人口は百七十人だった。

その外、文化、交通、公共施設、教育と衛生などについて簡述されている。電気施設はある。郵便は週一回配達される。飲料水は冬期には困ることはないが、夏には水タンクの溜水を処理して使用している。診療所では、更に滅菌処理して使う。日常廃棄物の始末に頭を悩ましているのは大都市と変わらない。酒類の販売は禁止、勿論外から持ち込みも許されない。住民以外の訪問者は百ドルの入島料を要求される。有効期間は一年である。

ロシア領ビッグダイオメード島については、地理的説明の外、住民はなく、重量級の気象観測所と国境警備隊が駐在していると、寥々《りょうりょう》数行の記述だけである。

ノームに住んでいる人からのEメールがあった。彼の親戚はリトルダイオメード島、ローレンス島やロシアチュコート半島にも多く住んでいるという。何百年来、先祖代々からこの限られた地域に住んでいるので、住民達は多かれ少なかれ、殆ど姻戚関係にあるのだ。

現地人は平和な時勢にはパスポートなしに往来していた。ワシントンとモスクワ間に異常緊張があると、漁で中間線を越えたらロシア側に拘束されるのであった。冷戦時代であった一九四八年ビッグダイオメード島の住民にロシア本土へ全員撤去令が下りた時、一部の住民は夜に乗じてリトルダイオメード島やアラスカの沿岸に住んでいる親戚のもとに逃亡したとのことだった。

冬期ベーリング海峡の結氷を利用して、先祖のモンゴリアンに肖《あやか》って、徒歩横断する冒険家が少なくない。前述のように海峡は狭く、浅く、南から北に向かって秒速四、五メートルの潮流が流れているから、冬期でも凍結し難い。特に近年地球温暖化の為、海の凍結は益々困難になって来ている。徒歩横断の危険度も高くなって来た。一九九三年南米の南端ナバリーノ島を出発して、人類発生の地、東アフリカまで徒歩の旅を続けている関野吉晴氏も、一九九七年八月にカヤックで海峡を横断せざるを得なかった。その際にも、ビッグダイオメード島上陸は許可されなかった。両島の間には、まだ例のカーテンがかかっているようだ。

翌年三月、結氷期を選んでシャパロ氏というロシア人親子二人がスキーで横断に成功した。堅く結氷しているように見える氷海にも、所どころ不完全結氷の落とし穴があるので、スキーの方が安全条件がよいのだろう。ウエレンを出発したが、氷床自体が北へと流れたので、アラスカに到着した地点はかなり北方のトムプソン岬だった。二十日間、三百キロメートル以上の踏破だったという。ベーリング海峡は、何らかの条件によって徒歩横断が出来ることを実証したのである。

たかが一枚の切手であったが、あれ以来この最果ての地から興味が覚めないでいる。それは何百年来、国境なんぞ、ただひたすらに、過酷な自然と共存しなければならない人達のたくましい姿勢に、共鳴を感じるからであろう。或いは、一度はリトルダイオメードの岸辺に立って、「おー、あれが明日の灯だよ」という奇特な風景の空気に浸ってみたいのかも知れない。

（高雄中學二十期会会報第十四號四月刊）

「遺影」を撮る

海野《うんの》泰男《やすお》
(常葉学園大学学長)

「そういえば、葬式のとき祭壇に飾ってある遺影には、あまりいい写真がないなあ」
「きっと慌てて、手近にある集合写真から引き伸ばしたりするんだろうな。妙にぼけていて生彩がないのがあるね」

このごろ年齢のせいか、葬儀・告別式に参列することが多いという話が出た、大学のクラス会の席上でのことである。

教養課程のときのクラスだったから、その後の進路はまちまちで、商事会社、メーカー、新聞社、テレビ局にいる者もあれば、大学教員、弁護士、参議院議員など、一応多士済々と言っておこう。

旧交を温めるだけのクラス会ではなく、異業種の話を聞いて勉強しようではないかという趣旨で、十数年前から三カ月に一度ぐらいの割合で開いている。そろそろみんな定年で、全員がいわば人生の一区切りを付けつつあるといった年配の者である。

＊

結局、次の会合で各々の、いい「遺影」を撮ろうではないかという話になり、マスコミにいる腕におぼえのK君がカメラマンを引き受けることになった。

「遺影なんて縁起でもない」

というやつが一人もいなかったのは、年齢的に絶妙のタイミングだったからだろう。遠い先のことだとはいえず、かといって深刻になるほど近くもないはずだ――多分、みんなそう思ったのだろう。

撮影当日の例会で、K君は、リポーターの話を聞いているメンバーの席から遠く離れて、われわれ一人ひとりの表情を望遠レンズでとらえてくれた。生き生きした、いかにもそいつらしい写真を撮りたいという思いからである。だれも自分がいつ撮られたか気が付かなかったに違いない。

この話には、かなり反響があった。

「それはいいなあ。私の父親の遺影は、急に亡くなったこともあって、ご多分に漏れず、集合写真の引き伸ばしだったんですよ。ぼんやりした写真で何の感慨もわいてこない代物でした。仏壇に飾ってあるのを見るたびに、何か違う、俺の覚えているおやじはこんなではなかった――って思うんですよね」

ある人は、遠くを見る眼差しでこう呟いた。

「最近、古今亭志ん朝師匠の葬儀に行ったんだが、その遺影は素晴らしかったよ。芸人だからいい写真はたくさん撮ってあったと言ってしまえばそれまでだが、実ににこやかで実直な彼の人柄が出ていて、焼香する人に今にも語り掛けるような目だったなあ。噺家なのに和服姿ではなくソフト帽をかぶっていたけれど、しゃれっ気を出して本人が撮らせたのかもしれないね。遺影は本人からの最後のメッセージのようなものだから、やはり自分で好きな写真を用意しておくべきだと思ったね」

これはクラス会の幹事兼落語部会長のM君の言である。

＊

M君とあらためて遺影の条件を考えてみた。

まず、にこやかであること。いい遺影だと多くの人が感じるのは、明るい写真であろう。次にはその人の人柄がにじみ出ている表情をとらえたものであること。人間もある年齢になるとその本質が顔に表れる。自然に出たその人の良さを掬い上げた写真がいい。三つ目に、自然な表情との両立が難しいが、カメラ（参列者）に目を向けて語り掛けているのが理想であろう。

遺影を撮るということは、いわば〈死〉に向き合う行為である。本能的に〈死〉を恐れる生き物としての人間は、出来るだけ回避しておきたいことなのだ。そこで気の合った仲間同士で、冗談とも本気ともつかぬ形で撮ったりすることになる。

しかし、遊び心もあったにせよ、今回「遺影」を撮ってみて感じたことがある。

遺影を撮るのは確かに〈死〉に向き合うことだが、実はそれ以上に現在の〈生〉に向き合うことなのだ。日々の〈生〉を見つめ直すということであろうか。

ところで、K君が撮ってくれた私の「遺影」は――というと、自分では見たこともない、いい顔で笑っていた。

（「静岡新聞」十一月十六日付夕刊）

大使閣下と寅さん

廣《ひろ》淵《ぶち》升《ます》彦《ひこ》
（共栄大学教授）

二〇〇一年十月五日、マイク・マンスフィールド元駐日アメリカ大使が亡くなられた。日本に十一年間も駐在し「日米関係は世界で最も重要な二国関係」ということを、常に強調してきた大物大使の死とあって、日本のマスコミはこぞって心からの哀悼と敬愛の念を表した。夫人氏の執務室を訪れた人はだれでも、大使自らがいれてくれるコーヒーのご馳走になった。夫人が作ったクッキーのお相伴にあずかった人も多い。そうした思い出も何人かの記者が伝えていた。

思えばマンスフィールドさんが大使を務めておられたころが、日本がいちばん輝いていた時代だった。繁栄や富を嫌い、経済に過剰な道徳律を持ち込みたがる人々は「バブル経済」の一言であの時代を貶しめているが、多少の傲《おご》りはあったにせよ、当時はみんなが自国の未来に自信を抱いていたのだ。

大使に就任して三年目の一九八〇年五月、マンスフィールドさんは有楽町の外国特派員協会（通称外国人記者クラブ）で講演し、そのあとの記者会見に臨んだ。当時はもちろん冷戦の最中で、ソ連の駐日大使は元政治局員のステファノヴィッチ・ポリャンスキー氏だった。片やマンスフィールド氏は、民主党の上院院内総務としての全国的な名声の持ち主から駐日大使に転身していた。二人の大物政治家大使のうち、どちらが日本人の心を摑めるかが注目されていた。

この記者クラブでのマ大使の会見はポ大使の会見の二週間後とあって、殊更に注目を集めており、会場は満席であった。

記者たちの質問はいずれも真面目そのもので、日米の貿易摩擦問題などに集中した。マ大使はその一つ一つに誠実に答えた。

間もなく質問の時間が終わるという時に、私は聞いた。「大使閣下は霞が関や丸ノ内のエリートたちとばかりお会いになっていると思うが、彼らだけでは日本の一般庶民の心の動きは分からない。ここに一人、あんまり頭はよくないし、定職にもつかずたえず放浪している男がいる。映画の主人公だが、彼を取り巻く人々は日本人のメンタリティをかなりよく表しているとされている。この映画をご覧になりましたか？」。会場では笑いが起き始めていた。私は質問を締め括った。「その映画のタイトルは『男はつらいよ』オア『寅さん』です」。

質問が終わったとたんに、会場は爆笑の渦となった。そしてかなりの拍手がつづいた。大使はほほ笑みながら「まだ見ていない」といい、「そのうち見ようと思う」と付け加えられた。

ある国の人々を知るためには、現地で人気のある小説やマンガや映画の助けが必要であり、時にそういったものから得られる情報は新聞記事などよりはるかに有益だというのが私の考えである。テレビ局の特派員として七〇年代を過ごしたロンドンでは、イギリスのエリート官僚の発想や価値観、生活習慣を知るにはジョン・ルカレの小説『ドイツの小さな町』やC・P・スノウの『権力の回廊』が最適だとのアドバイスを受けて、これらの本を熟読したものだ。こういう質問を発したのもそうした経験に基づいてのことである。

この話には続きがある。ホテルオークラの社長、会長を務めた野田岩次郎さんの令嬢にグロリア野田という方がいた。野田さんのアメリカ人の夫人との間に生まれ日米開戦とともに日本へ連れて帰った愛娘である。彼女は港区のマンションの自宅で、ときどきホームパーティを催した。成功した事業家として令名高い野田氏も毎回顔を出して、参会者の一人一人に丁寧に頭を下げている姿が印象的だった。マンスフィールド大使ご夫妻もよくこのパーティに出席した。はじめてパーティで会ったときに、大使は私のことを覚えておられて「まだあの映画は見ていない」といわれた。二回目も申し訳なさそうに「まだだ」といわれた。だがそれから一年ほどたったある時「ついに見たよ」とおっしゃった。大使の周りには人が多くて詳しくは聞けなかったが、「非常に面白い」という感想を洩らしておられた。

ウィーン市長らもこよなく愛好しているという、あの柴又のバガボンドが、この政治家大使の心の琴線にどれほど触れたのか、その効果のほどははかりがたい。しかしマンスフィールドさんが日本人を見る目のあたたかさの中に、あるいは車寅次郎の好ましい人柄の影響がいくらかまじっていたのではないか、というのが私の推測であり希望である。いまとなっては確かめるすべもない。たとえそのことをたずねたとしても、氏ははっきりと答えず、ただ淡々といつもの微笑を浮かべておられただけのような気がする。

日本人と深くかかわり、日本への変らぬ敬意と愛情を抱いておられた大使の死に接して思うことは数多い。

（「文藝春秋」十二月号）

横浜の風——汀女素描——

中《なか》村《むら》一《かず》枝《え》
（エッセイスト）

昨年、熊本日日新聞に中村汀女生誕百年記念の一つとして、〃汀女日めくり俳句〃のエッセイを依頼された。汀女の長男と結婚はしているが、これ迄俳句と無縁の人生を送ってきた私に果してつとまるかどうかと疑問があった。それも一年間の長期連載である。

書き出してみると思いがけず、私の中に汀女を改めて見るという視点が生まれ私自身が面白くなっていったというのが本音である。

私が結婚した時、汀女既に五十六歳、晩年の熟成期に入っていた。でんと構えた肥りじしの体つき、初めて聞いた時は怒られているような気のした熊本弁、更に体型と一体になってぐいぐい迫ってくる威圧感に不安と戸惑いを覚えたことは確かである。その内、当人同士が盛り上って一年後には結婚という段取りになった。

姑である汀女に就ては時々その重たさに反抗心をそそられる一方で、頭の良さと懐の深さに惹かれる気持も味わっていた。

一度も一緒に暮したことはないから、とことん極めつくした嫁姑関係ではない。その距離感だからこそ見えてくる人間の魅力も又あるのだ。生前は、考えもしなかったし、触れてみることもなかった汀女の俳句、そして生きざまが、汀女晩年の年齢に近づくにつれて私の中にさまざまの思いを育くむのである。

汀女が亡くなって暫くした頃熊本江津の生家の二階から出てきたという女学生時代のノートを夫から見せて貰った。全部コピーしておけばよかったと今は悔まれるが、その一部を見ても女学生時代の汀女は決して古い道徳にしばられっ放しの従順な女の子ではない。時代の風を敏感にかぎとって前に向ってぴょんぴょんとんでいたのだ。

汀女は女学校（熊本県立第一）の図書館ではあき足らず、県立図書館に通いつめて、当時の世界戯曲全集や小説を読み漁った。スタンレーホートン、ハンキン、ゴールズワージイ、ノートには出ていないが、当然イプセンもズーデルマンも、汀女の旺盛な好奇心の対象だった。

東京では明治四十四年平塚雷鳥主宰の「青鞜」が発刊、女性の覚醒を目指す新しい波が高まっていた。

坪内逍遥が文芸協会の第三回公演の演目に選んだのがズーデルマンの『故郷』、父親の反対を押し切り女優の道を選ぶヒロイン・マグダは新しい女だった。前後して『人形の家』のノラ、『醒めたる女』のジャネット、ジャネットは未婚のまま子供を生み帽子商として独立、その後別れた恋人に未練も残さず自立していく。汀女はそういう女に憧れていたのではないか。当時としては目新しいこれらの作品を汀女一人が図書館で探してきたとは思えない。彼女に示唆を与えた何者かの存在も感ずるのである。

汀女は決して優等生ではなかった。校庭を袴の裾を乱し息を切らせて走っている姿を教頭に見られて叱られている。女が袴をけ散らして走るなどとは以ての外だったのだろう。愛娘が総代に選ばれる事を期待して卒業式に出席した母ていは、「ああたが答辞読むと思うとったばってん、どうして読まんだったただろうかな」

とその晩少しこぼした。


汀女は熊本市江津湖畔に斉藤平四郎、ていの一人娘として生まれた。一九〇〇年（明治三十三年）の事である。

私は一度だけていの健在な時に江津湖を訪ねている。江津湖が湖ではなく、川だったこと、汀女がよくなつかしそうに口にしていた江津塘（堤）がコンクリート舗装されて昔の面影を失っていたのは予想外だった。堤から少し下った生垣の先にあるどっしりした農家風の建物、玄関をあけると広い土間に板の間、その奥の噴き井戸から家の中に水がほとばしり出ている光景は今以て忘れられない。古びた広縁も、太い黒光りのする柱も、どれも磨きこまれ、襖を取り払って広々とした客間の庭先には池があり、鮮やかな色どりの鯉が悠々と泳いでいる。東京育ちの私には見るもの全てが目新しく、そして暖かいぬくもりを感じた。家の中も調度も贅沢とは無縁なのに、無限に湧き出す井戸と同じ豊かさに満ちていた。

シャンコ、という愛称で汀女を呼んだ父平四郎は政治好きの村長さん、母ていは家事上手のしっかり者である。一人娘でありながら自由に野を駆け水中にもぐり、舟の棹をあやつる汀女、自然の子・汀女、それこそが往年の汀女を作り出したのだと私はずっと思っている。

大正九年淀橋税務署長に任命された中村重喜と結婚する。この年譜が誤りであるという指摘が以前からあった。種々の情報を総合すると大正十年が本当らしい。その間違いの元が何なのか私にも不明である。

前後して、汀女は小倉に住んだ杉田久女と知り合った。汀女の俳句の開眼にひときわ影響を与えた人だ。久女は、結婚前の初々しい汀女を訪ねた時の印象をこんな風に書いている。

——汀女さんが白粉気のない、木地のままの中高な美しい顔をにこにこさせながら、ふだんぎのゆかたに、赤いメリンスの中幅の帯を無雑作にしめてお庭の鯉の池から、バケツに水を汲んで来てはお縁などふいてゐられる時の何でもない姿が、そしてよく発達した処女らしい健康な美しさが、今も私の目にはつきりうつる——後略（阿蘇・昭和四年・十二月号）

余談だが、杉田久女はその卓抜した俳句の才能を持ちながら、師高浜虚子との確執で実に不幸な生涯を送った。最期が精神病院であったというのは、精神病の判断が不明瞭な今以上に、当時はうやむやに葬り去られたという気がしてならない。

汀女は十歳年上の久女をお姉様、お姉様と慕い、小犬のようにまつわりついて甘えたらしい。久女も又句妹という言葉を使って汀女を引き立てた。

十九から二十の頃の汀女の美しさと才気は地元でも評判で、囲りの男達はかなり眩惑された。

汀女のまわりには今のワイドショー並みのやっかみや、批判が波紋になっていった。その事に関して一度汀女に水を向けてみると、

「さあ、知らんな」

「みんな、忘れた」

すっとぼけた答えがかえってきた。

汀女は結婚して十年間句作をやめた。

「その間鏡花と探偵小説に熱中していました」

と、新聞記者に答えている。私はそんな安楽な心境ではなかったのではと疑っている。

子供が次々に生まれ、家事の負担も増えたかも知れない。転任の度に昇進していく官職の夫、よそから見れば羨しいような順風満帆の人生、しかしこの十年はそれ迄の二十年間父母の膝下で大切に扱われた娘には荒波に抗《あらが》う十年間ではなかったのかという気がする。

明治の男にとって妻が、昼日中出あるいて句作にふけり、他の男達と同座して談笑するなどとても許し難い行為であったろうし、まして自分の帰宅時にいないような事でもあればその怒りは爆発する。

結婚二年目くらい、長谷川かな女の句会の帰り、氷水の美味しさに、つい時を忘れて家へ帰ると夫が帰っていて叱られたとあるのもそんな簡単な叱られ方ではなかったのかも知れない。汀女の気性として面倒なことは避けてしまおうと思った、私にはそう思えてくる。

晩年の中村重喜は穏やかで、知的な面を持つ紳士であったが若い頃は癇癖も強く、俗に肥後も

っこすと称される変り者、へそ曲がり、若い汀女は新婚の頃、よく泣いていたのも、故郷恋しさの為ばかりではなかった。

十年の間に子供を生み母となった汀女は強くなる。元々火の国の女の激しい気性に、年期が入ってくるのだ。


私の住む大森と横浜は国電で二十分、それでも横浜の駅に降りると頬をなぶる風が軽い。昭和五年、横浜税関勤務の決まった重喜と横浜に着いた汀女もきっとこの風に気がついたに違いない。官舎は西戸部町、野毛山公園にも近い、丘に連なる一画であった。それ迄仙台、名古屋、大阪と小きざみに夫の転任先をついて歩いた汀女が、横浜の空気の中で急に水を得た魚になる。

当時の横浜は外国航路の船が寄港する日本第一等の港である。あちこちに点在する外国商館、舶来品を扱う店のどことなくハイカラなたたずまい、道を行く外国人も多い。海に沿った港町の風情なのか、町全体が開放感と活気に満ちている。汀女は思わず深々と息をすいこんだ。

丁度その頃、昭和七年、句作をやめていた間も消息を交していた杉田久女から思いがけない便りがくる。久女が個人誌「花衣」を出したから句を寄せてみないかという誘いであった。

この「花衣」、当時の俳誌としては格段に華やかで、創刊号は久女自身の手描きの表紙である。「花衣」は現存しているものは殆どないが、一昨年、久女の長女である石昌子さんが写真復刻され、追悼アルバムとして出版された。汀女は創刊号から句を寄せている。そして号を進める度にどんどん弾みのついていくのがよくわかる。雑誌の中の随筆欄にも文を寄せている。

明るい五月の港町
自動車のうしろに巻きついたテープが一本。初夏のうす埃の中に赤い線をひいて走つてきた。

波止場に行つて来た自動車だ。

張りきつてピチンと切れるテープの手應へがふとよみがへる。

後略

「花衣」は五号で打り切りになり、久女はその後失意の道を歩みはじめる。

そして汀女は「花衣」をきっかけにして一段と句境が飛躍していく。

人間の運命の別れ道を思わずにはいられない。

横浜の町は汀女の昂揚していく詩精神を後押しするかのようである。汀女全作品の中でも秀句と言われる句が次々に生まれていった。

横浜時代、同じ税関官舎に住み、長女濤美子が転校した日からの同級生である岩崎静子（旧姓大川）さんはその日から毎日の様に中村家に日参して、中村家が次の転任地、大森、仙台に移り住んだ間も夏休みを利用して長逗留した。その静子さんが子供の目で見た中村さんのおばさまは、実にやさしく大らかな人だったらしい。

「おばさまにオデオン座に連れてって頂いてね、『未完成交響曲』と『坊つちゃん』をやっていたのよ。そりゃあ嬉しくてねえ」

汀女は暇があると伊勢佐木町のオデオン座に出かけていった。先の随筆の中でも、デイトリッヒの「モロッコ」を三回見たという記述がある。

「中村さんのお家で食べたトンカツ、うちのは大皿にひと盛りになっているのに、おばさまのとこは一つのお皿にそれぞれ分けてあってね、へえ、こういう風に食べるものかって、おばさまは台所なんか余りなさらなかった。女中さんがいましたものね。

おじさまはじめこわーいと思ったのよ、お口数も少ないし、でもその内、私が伺うと、『ああきたか』それだけ、でもいい方なのかなって。

おばさまはね蓄音機《ちくおんき》をよくかけてらしてね。四家《よつや》文子の歌曲なんか聞いてらした。そうそう、ご自分でも歌を歌っていらっしゃるの聞いたわ。それがよく聞いてると、自分の俳句に節《ふし》をつけてね、それがよく透る声なの。そりゃあきれいな声でしたよ。

官舎の前が結構きつい坂になっててね、外出なさると、おじさまより一分でも先に家に入ってなきゃあってお思いになるらしいの。そりゃあハアハア息を切らせて、それを上から濤美子さんがはらはらして見てらしたのよ。一度グレイのアッパッパって言うの、すとーんとしたワンピース着ていらした事があってね、それが又何ともきれいでしたね。見とれてしまったわ」

静子さんの事は随筆にも書かれていて、特に仙台へ越していった中村家に、横浜から静子さんが一人で訪ねてくる話は、まるで童話のような楽しさがある。私は坪田譲治の「子供の四季」を思い出した。母親としての汀女の細やかな気配り、子供と一緒になって静子さんを待つ気持、帰りの日の近づいてくる悲しさを共有している作者の気持が伝わってくる。

「いくらお手伝いがいらしても、他人《よそ》の子を一と月近く、イヤな顔一つせず預るなんて、中々できない事ですよね。私はその日が近づくともう嬉しくて、嬉しくて」

きっと静子さんの無邪気で素直な心映えが汀女は気に入っていたのだ。今年喜寿という静子さんの明るい瞳をみながら私は思っていた。

以前俳句雑誌の企画で、つなぎのジーンズを着た汀女の写真をみた。髪をターバン状のものでまとめサングラスをかけた汀女は、日本人離れした面差し、スタイルがフランスの名女優のようだった。

春風に船は煙を陸に引き

枯蔓を引けば離るる昼の月

蕗《ふき》の薹《とう》おもひおもひの夕汽笛

もう一度汀女に逢えたら今度は年下の友達になって、もっと自由に話がしてみたいのである。

（「俳句現代」四月号）

いのち

岩田《いわた》アサコ（主婦）

毎年、六月から七月にかけて、八百屋やスーパーの野菜売り場に「新ジャガ」が並ぶ。

薄い皮がめくれかかった掘りたてのジャガイモは、見ただけでほくほくした旨さが伝わってくる。ジャガイモ好きのわたしは、すぐに手を伸ばしたくなる。そして求める。しかし、それを抱えて帰るとき、胸の奥に鎮めている思いが甦るのだ。何十年経っても、消すことのできない思い出で、夢にまで見ることがある。つい最近、二度目の夢を見た。

「オネエチャーン、タエデスー」

遠い木霊のような声が響く。耳を澄まそうとしたとき、目の前に振り袖姿の娘が立っていた。朱色に白や黄色の花模様の着物がよく似合っている。しかし、顔はあのときのままだ。声をかけようとしたが、もうその娘は踵を返していた。前方に白く霧がかかり、あっという間にその姿を飲み込んだ。わたしは急いで後を追った。胸苦しさのなかで、うつろに夢だと感じた。

「妙、妙！」

まだ霞がかった半醒の中で、わたしは何度も呼んでいた。

妙は、わたしの二十歳の祝いのお下がりを着て会いに来たのだ。

「大きくなったのね、妙」

やがてはっきり目覚めたわたしは、天井を見つめて、去ってしまった妙に呼び掛けた。夢の中で、妙はようやく成人式を迎えていた。ずっと以前には、わたしの七つの宮参りのお下がりの着物を着てやって来たこともあった。橙色にたくさんの小花の散った、わたしの大切にしていた一張羅の着物を着ていた。あの時のまんま、青白く透き通って凜とした面差しによく似合っていた。

妙は長兄夫婦の長女だった。わたしが中学一年生の一月に生まれた。昭和二十四年、広島県東部の山の村である。

終戦前後に、相次いで両親を亡くしたわたしは、この兄夫婦に育てられていた。兄は二十歳も年長であったから、末っ子のわたしは妙を妹のように大切に思い、叔母ではなくて「お姉ちゃん」に成り切っていた。

生まれたばかりの赤子を見るのは初めてで、目覚めている妙を覗きこんでは、誇らしく思った。(何でも知ってるよ、とでも言っている澄んだ目。きりっとした顔立ち。いつまでも見つめたくなる魅力は何なのだろう?)と。

妙が生まれて二カ月が過ぎた、春休みの日だった。三月の末とはいえ、まだ冬の名残の冷たい風がときどき庭の木々を揺らしていた。家の中では、こたつに炭火が埋《い》けられていた。

その日、午前中にジャガイモの植え付けをすることになり、わたしは一個の種芋を二、三個に切り分ける仕事を引き受けた。どのかけらにも芽を宿した凹みが二カ所以上残るように振り分けて切るのだ。切り口には防腐剤として藁灰をつける。

わたしは、重い種芋を庭に持ち出すことを避け、寒さを凌ぐためにもと、納屋の中でその作業を始めた。

そのころ、まだ農村の機械化は遅々としていた。昔ながらの牛馬を使っての農耕であったから、どこの家にも納屋の一階には道具置き場の広い土間と牛馬小屋があった。我が家では牛を飼っていた。生まれて間もない子牛もいた。牛は農耕だけでなく、年に一度子牛を産み、それが農家の副収入になる。子牛のことをベチとよび、どこの家でも大切に育てていた。

わたしは土間に敷いたむしろの上で、種芋の準備をしながら、ときどき牛小屋を覗いた。ベチは母牛の首の下から頭を出して丸い目を光らせ、わたしと目が合うたびに、山羊に似たかわいい鳴き声を上げた。

種芋の準備が終わったころ、畑の畝作りを終えた兄たちが帰って来た。三人でモッコに種芋を入れ、むしろを片付けた。

そのときである。

いつの間に入り込んだのか、むしろの下に残っていた一つの種芋が牛小屋に転げ込んだ。小屋の中には芝草や藁《わら》が刻んで敷いてあり、種芋はその中に埋もれて見えなくなった。敢えて気にもせず、三人は畑に急ぎ、予定どおり午前中に植え付けを終えて帰って来た。

義姉は妙に授乳をし、わたしは昼食の支度にかかった。兄は牛たちに飼い葉を与えに行った。

間もなく、兄が玄関に駆け込んで叫んだ。

「ベチが変じゃ。喉に何か詰まらせとる」

「ジャガイモ！」

わたしは、とっさに叫んだ。

急に乳首から外されて、泣き叫ぶ妙を抱えて飛び出した義姉に、兄は、

「獣医さんをよんで来る！」

と言い残し、すぐさま自転車で坂道を下って行った。

往復で四キロほどの道のりだったが、ほどなく兄は獣医さんを伴って帰って来た。

まず、兄が母牛を草原に連れだして、杭につなぎ止めた。獣医さんは手際よく、小屋の中で首を振り振りあばれているベチを抱え込み、鼻木を通して小屋の隅につなぎ止めた。

ベチの口から水を流し込んだり、柔らかい棒状の物を突っ込んだり、獣医さんの汗だくの格闘がしばらく続いたがどうにもならない。喘ぐベチの口から、よだれが細く筋を曳いて垂れていた。

一時間もして、とうとうベチは土間に引きずり出された。もう、立てなかった。足を投げ出し、目を潤ませて弱々しく頭を振るだけだった。

通り掛かりの近所の人達も集まって来て、代わる代わる口の中に手を入れたり全身を撫でたりの励ましが、二時間も続いただろうか。もうダメかと、みんなが諦め顔になったとき、殆ど目蓋を閉じかけていたベチが、微かな声でしゃくり上げた。同時に、にぎりこぶし大の芋が転がり出た。ベチは、全身を波打たせるようにして息をし、よろけながら立ち上がった。泡交じりのよだ

れが、数本勢いよく流れ落ちた。生き返った！　息を詰めて見守っていたわたしの全身から力が抜け落ちた。

ベチの疲れもさることながら、その場の人達みんなが放心状態で座り込んだ。

兄は、我に返ったように立ち上がって、母牛を連れ戻して来た。ベチは母牛に擦り寄りながら小屋に入って行く。義姉とわたしは、「ダメかと思うたけどよかったね」と、安堵の言葉を繰り返しながら茶菓の用意を始めた。

「お姉ちゃん、あと頼むね。お乳が張っとるけん飲ませてくる」

義姉は妙の寝室へ急いだ。

「ごめん、ごめん。おなか空いたじゃろう」

襖の奥で、その声が消えたか消えない、その瞬間だった。

「だれか！」

義姉の絶叫だった。

わたしはその部屋に駆け込んだ。炭火のこたつの一方に敷かれた布団の中で、妙は口に直径一センチほどの気泡を作って眠っていた。安らかではあったが、それは一酸化炭素中毒による永遠の眠りであった。その蒼白な顔は赤子とは思えないほど凛としていた。わたしは、一瞬、神々しい霊気を覚えたのだった。

わたしは、すでにすっかり目覚めていたが、妙がまだその辺りにいるような気がして、そのままもう一度目をつぶった。

(妙、あれからもう半世紀もの歳月が流れたわ。家族の中では決して口に上ることのない、あなたのことあなたの名前だけれど、お姉ちゃんの胸の中には小さな命の消えた、あの時のまんまの顔で生きてるわ。黄泉《よみ》からは長い長い旅路。お嫁入りの打ち掛け姿で来るには、あと何年かかるかしらね)

霧の中に消えた妙の面影が、わたしのまなうらでいつまでも揺らめいていた。

妙の妹たちも、すでに四十代後半になりそれぞれの娘たちが成人式を終え、間もなく嫁ごうという年齢になっている。その娘たちの節目節目に、妙のことをことさら思い出すのだ。妙の妹たちが娘のころは、我が息子たちの世話で忙しく、妙のことを忘れてはいなかったが、夢にまでみることはなかった。

古里を離れて四十年、年を取ったせいだろうか。うつらうつらと眠りの浅いことの多いこのごろは、妙ばかりではなく驚くほど昔懐かしい顔が夢に出てくるのだ。

妙の野辺送りが済んでからは、兄夫婦はそのことを全くと言っていいほど口にしなかったが、わたしは独りになると止めどもなく涙を流した。たった一人の妹のように思っていたし、妙という名前がことのほか好きだったせいもある。小学校に上がったころから、友達の漢字の名前をうらやみ、かたかな三文字の「アサコ」という自分の名前が嫌いだった。妙は、あんなに可愛くて素敵な名前だったから、天に連れて行かれたのかしらなどと、乙女チックな思いに耽ったりもした。

兄夫婦が黙しているのが、わたしよりも深く悲しみ苦しんでのことだと気づいたのは、しばらく経ってからだった。わたしは奇妙な事件のように噂される悔しさと悲しさで、ひたすら感傷に逃げていたのだろうか。

あのとき、牛小屋に転げ込んだ種芋を徹底して探せばよかった。いや、納屋の外で作業すればよかった。この悔いはそれ以来わたしの心から消えたことはない。兄夫婦は「運命」という言葉で自らを慰め、わたしの気持ちをも救ってくれたのだが――。そして五十年。

いま、わたしは「二度あることは三度ある」ことを信じて、花嫁衣装の妙の夢を見る日を待っている。ともあれ、今年の「新ジャガ」の季節は間もなく終わる。


（「第六回・第七回小諸・藤村文学賞入選作品集」十月刊）

黄瀛《こうえい》さんのこと

陳《ちん》　舜《しゅん》臣《しん》
（作家）

一九九二年九月三十日、私たちは江陵という長江の港から、峨眉号《がびごう》という豪華遊覧船に乗って三峡のぼりの旅に出かけた。朝日新聞と人民日報共催の「三峡シンポジウム」に参加するためである。これは中日国交正常化二十周年を記念しておこなわれ、私は日本側パネリスト四人の一人に加えられた。中国側パネリストの最長老、北京大学の季羨林《きせんりん》氏と久しぶりに会うのもたのしみだったが、それよりも重慶で時間があるので、詩人の黄瀛《こうえい》さんにお会いできることで私はすこし興奮していたのである。

神戸在住の詩人竹中郁さんが、よく黄瀛さんのことを噂《うわさ》して、「つらい目に遭ったらしいが、いまどうしているかな」と言っていたのをおぼえている。その黄氏がいま重慶の四川外語学院の教授として、健在でいることを私は確認していたのである。会いたがっていた竹中郁さんは今は亡い。私は初対面だが、竹中さんの遺志を継いでも黄氏に会おうと思ったのだ。

黄瀛さんの父君は教育者だったが早く世を去ったので、母上の故郷の日本である時期をすごした。黄氏は若くして日本で詩人として知られるようになったが、なぜか中国人留学生として日本の陸軍士官学校に入学している。黄氏は一九〇六年生まれであり、ハイティーンのころすでに詩人であったし、士官学校の生徒でもあった。一九二九年（昭和四年）士官学校の卒業旅行で、奥羽地方へ行ったとき、彼は宮沢賢治を花巻に訪ねている。初対面であったが、どちらも作品で相手を知っていた。ほかに高村光太郎、木下杢太郎《もくたろう》、草野心平、竹中郁、井伏鱒二の諸氏と親しく、私がお会いしたとき、黄氏は彼らの話をした。「いま残っているのは井伏ぐらいだな」と、彼は淋しそうに言った。その井伏さんも翌年に亡くなったのである。

若き日の黄瀛さんは中国に帰るとき、いつも神戸から船に乗った。そのたびに神戸の竹中邸に泊ったそうである。

黄氏のような文学青年が、軍人の道をえらんだことは、文学の友人たちには驚きであった。「きみよ、なぜ将軍になったのか？」という詩が、たしか竹中郁さんにあったはずだ。最も文学青年らしい黄氏が、すでに詩人として認められていたのに、なぜ士官学校に入ったのかということ自体謎《なぞ》といえた。私は思い切って黄氏にじかにきいてみた。

「詩ばかり作っていて、一高に入れなかった。中国人留学生で一番入りやすかったのは、陸士だったものね」

黄氏は含羞《がんしゅう》の笑みをうかべてそう答えた。

私には信じられなかった。士官学校に入るには相当な覚悟がなければならない。彼が卒業して故郷の重慶に帰り、中国の軍隊に入ったのは一九三一年、まさに満洲事変のはじまった年であった。

中国にとって日本との戦いは長くつづいた。黄氏は中国の高級士官として抗日戦を戦った。日本の詩をかく中国の将軍は、どんな思いでこの長い歳月をすごしたのだろうか。日本との戦いが終わっても、国民政府軍の将軍である彼は、共産党の軍隊と戦わねばならなかった。戦い敗れて将軍は幽閉される。さらに文革時期は長い獄中生活を送った。

いま私の目の前にいる黄瀛さんは、四川外語学院の教授だが、教育者（父君は重慶師範学校長）の家に育った彼には、これが最も似合っていたかもしれない。

「陳さん、日本語科の生徒に講演してくれませんか。普通の日本語でよろしい。わざと簡単な言いまわしをしないほうがよいのです」

と、黄氏に言われて、私は五十人ばかりの男女学生の前で、こんなすばらしい先生に教えてもらえる諸君は、たぐい稀《ま》れなしあわせ者だと述べた。「たぐい稀れ」という言葉は皆が知っていたようでほっとした。

黄氏は校門まで私を送ってくれた。そして着ていたコートを指さして、

「これは竹中にもらったものだよ」

と、言った。

二〇〇〇年の夏、銚子市に黄瀛さんの詩碑が建てられた。満九十五歳の黄氏はすでに教職を退いているが、わざわざ来日して、元気なすがたをみせたという。そして波瀾《はらん》万丈の自分の生涯を本にまとめたいと述べられたそうだ。

若いころ高村光太郎が黄氏の塑像《そぞう》を造ったが今は失われている。幸い土門拳が写真にとってい

るので、黄氏はそれを著作に入れようと思っているそうだ。

（「小説新潮」一月号）

黒髪の復活

吉《よし》澤《ざわ》 廣《ひろし》
（エッセイスト）

禿頭化の兆候が現れたのは、三十歳を過ぎたころからである。禿げだすと、そのスピードは速く、特に洗髪する際の脱毛は凄かった。いろんな脱毛対策を施したが効果はほとんど無く、見るも哀れな状態になった。

禿頭になって、一番こたえたのが無責任とも言えるからかいであった。ときには聞くに耐えない言い方をされたことも度度あった。悲嘆にくれた。人前に出ることを極端に嫌ったときもあった。

総合商社の営業だったので、沈む心を奮い立たせ、努めてひどいからかいに負けまいと、明るく笑いとばしてきた。意識的に気にしないでいると、かえって禿頭の悩みを聞きたがる物好きな人も出た。

思い悩んで、真剣に「かつら」の着用を考えたこともあった。だが、人並み以上に汗かきのため、春や夏のように気温が高まる季節に、あたりかまわず「かつら」を外して、頭の汗を拭く場面を想像するだけで、気持ちが萎え、諦めた。

以来、こんにちまで、機会あるごとに酒の肴にされたり、同情されたり、冷やかしがおさまることはなかった。

ただ、禿頭は初対面の人に、かなりインパクトを与えたらしく、商売での交渉が比較的やり易いという小さなプラスはあったけれど。

五十代が終わるころ、縁があって関連業種の企業へ転職した。待遇は下がったが、余分な神経を使わなくてすむだけに伸び伸びと仕事が出来た。

ところが、気の緩みなのか生活習慣病が矢継ぎ早に起きた。二、三年おきに入退院を繰り返した。

二十世紀も終わり近くなって、病気も出尽くしたと油断していたら、最も恐れていた人工透析を受けることになった。

透析をしてもらう病院での血液検査で、前立腺ガンの疑いがあると分かった。早速、昨年夏、信頼の高い専門病院に二日間入院して生体検査を受けた。やはり、前立腺にガン細胞が増殖していることが判明した。

前立腺ガンが進行すると、症状によっては手術で前立腺を摘出するらしい。

既に腎臓の働きが悪く、排尿量も減っているし、手術するほど悪化していないので、薬剤投与で経過を見ることにした。

ガン細胞が棲みついていると言っても、深刻になるものではなく、細胞の増殖を抑えるため、女性ホルモンの皮下注射を月一回することで相当の改善があると言われた。

いまも継続中だが、女性ホルモンが身体に入ると、人によっては男なのに胸部が膨らんで乳房が大きくなることが間々にあると言う。正直驚かされた。

私の場合、いまのところ、ちょっと様子が違っている。なんと、決して元に戻るはずがないと諦めていた禿頭に、ささやかにある産毛が少しずつ濃くなり硬くなってきた。その上、生来柔らかかった側頭部の毛髪が、手で触ると、硬さをしっかり感じるまでになってきた。

他人様には関心のないことだが、私にはその微妙な変化が分かる。女性ホルモンの注射を、どのくらい続けるのか知らないが、ひょっとして、禿頭が黒髪の再来となったら、これはノーベル賞にも価する変化と言えよう。もし実現したら、いろんな証明書に貼っている顔写真を差し替えしなくてはなるまいと、嬉しい悩みに浸っている。

この微妙な変化を愚妻に告げると、

「そう言われれば、その通りかも知れないね」

と関心がいまひとつ。

いまさら、黒髪が復元しても、なんの恩恵も受けないといった顔で笑いとばす。

いまの世、若者の一部に立派な黒髪をわざわざ金色や緑色に染めることが流行しているのをみると、なんと勿体ないことをするのだろうと嘆きたくなる。

多分、髪の豊かな人たちには理解されないだろうが、禿頭が僅かでも濃く見えてくることは、小躍りしたいほど感動的なものである。

黒髪復活の夢を見ながら、ことあるごとに鏡に映る頭部を眺め、ひとりほくそえんでいる。

（「扉」第六号十二月刊）

父の万年筆

久《く》世《ぜ》光《てる》彦《ひこ》
（作家）

私の机の抽斗《ひきだし》には、まだ使っていない万年筆が七、八本ある。ときどき、抽斗を半分ほど開けて眺める。全部開けないで半分だと、手前のものは艶《つや》っぽく光って見えるが、電気スタンドの明かりが届かない奥の万年筆は、ぼんやりと翳って、それでも金の金具の辺りだけ鈍く光っているのを見るのが好きなのだ。そんなとき、私の大して広くない書斎の、中核というか、重心というか——つまり、〈魂〉のようなものが、ここにあるという気持ちになる。

子供のころから、万年筆への思いは深かった。早く中学生になって、万年筆を買ってもらいたいと思いつづけていた。七つ上の兄が中学に入って、〈パイロット〉の万年筆を買ってもらったのは、昭和十六年の春だった。入学式の朝——詰襟の学生服の胸のポケットから、頭だけ覗かせた兄の〈パイロット〉は、朝日にキラキラ輝き、兄は誇らしげに桜の花びらの降る道を駅へ向った。あのころは、入学とか進学とかいうと、お祝いはたいてい万年筆と決っていたようだ。兄より二つ年上の姉は、女学校に入ったときもらった、握りの部分が貝細工みたいに手の込んだ桃色の万年筆を、決して私に触らせてくれなかった。

万年筆は、大人の世界への入り口だった。あるいは、学問や教養の象徴でもあったようだ。父の書棚には、父が昭和のはじめの〈円本ブーム〉のころ揃えた「明治大正文学全集」や、平凡社の「現代日本大衆文学全集」などが並んでいて、その最初のページに〈著者近影〉という作家たちの写真が載っていたが、そこに写っている作家たちは、漱石も鷗外も、乱歩も岡本綺堂も――みんな机の上に原稿用紙を広げ、むずかしい顔で万年筆を握っていたものだ。不思議なことに、それらの本には、父が読んだ形跡がなかった。ページをめくると、パリパリと音がした。父は職業軍人だったが、文武両道を極めたいと考えていたらしい。だから、父はやたらと本を買い込み、母は毎月の本屋の支払いに苦労した。

私が生れた昭和十年ごろから、父は俳句に目覚めたらしい。虚子の主宰する「ホトトギス」の雑詠欄に毎月投稿して、ときに入選することもあった。おかしなもので、軍人というのは、万年筆を普段使わない。鉛筆か毛筆なのだ。けれど父は、俳句の清書だけは万年筆だった。握りが太くて、黒い立派なものだった。姉や兄のと違って、重みがあり、インクにも教養の匂いがした。戦地へいくとき、父は小型の〈歳時記〉は持っていったが、どうしてか万年筆は書斎に残していった。父の留守の間、父の万年筆は座り机に広げられた和風の原稿用紙の真ん中に、きちんと置かれてあった。母は毎朝の掃除の際に、丁寧にそれを畳に下ろし、はたきをかけ、机の上を拭いてから、また丁寧に原稿用紙と万年筆を元へ戻した。最近出た中園宏さんの「世界の萬年筆」（里文出版）という本を見ていたら、たぶん父が使っていたのとおなじ万年筆の写真があった。一九三三年の〈モンブラン〉だった。〈尻ノック式〉と説明があるが、そこまでは憶えていない。

私は中学生になった。戦争が終わって間もない昭和二十三年だった。誰も万年筆をくれなかった。国中が貧しく、私の家も食べていくのがやっとだったから、怨むどころか、万年筆のことなんか思い出しもしなかった。復員した父は、終戦時に陸軍少将だったので、あらゆる公職から追放され、失意の日々を、焼け跡を耕しそこで野菜を育てて過ごした。俳句を詠んでいる気配もなく、人が変わったように無口になった。体重も十キロほど落ちたようで、母は心配したが、父は苦笑いするだけで、黙々と鍬で焼け土を掘っていた。――あのころの父は、何を考えていたのだろう。鍬の手をふと止め、腰を伸ばして見上げた青空に、いったい何を見ていたのだろう。あれから半世紀以上も経って、しきりとそれが気になる。

胆嚢炎だったという。父は昭和二十四年の夏、半日苦しんだだけで、死んだ。夕暮れの狂ったような蟬時雨《せみしぐれ》の中を病院へ運ばれ、やがて降りだした雨の音を聴きながら死んだ。――枕の下から、歳時記とモンブランの万年筆が出てきた。母は凄い力で歳時記を私の手に押しつけ、モンブランは棺の中の父に握らせた。――ノモンハンやソ満国境を父といっしょに行軍した虚子編の〈歳時記〉は、いまも私の書棚の隅にある。

（「學鐙」六月号）

老いるということ

秘伝

井上《いのうえ》ひさし（作家）

コカコーラの成分の九十九％までは知られているが、「7X」と呼ばれる謎の成分は、百年以上も科学者や競合メーカーが分析しているのに、まだ分かっていない。その名から、噛《か》むと爽快感を覚え疲れがとれるというコカノキの葉と、生食すると甘い唾液がいくらでも湧き出してくるので渇きを癒《いや》すのに適するといわれるコラノキの実でできていること、それだけはわかっているのだが。

ちなみにアトランタの南軍の退役軍人で薬剤師のペンバートン博士がこの飲料を調合したのは一八八六年のことだが、いずれにしても、この7Xは「米国産業史上最も固く守られた秘密」（山田政美編著『英和商品名辞典』研究社）、その処方箋はアトランタにあるジョージア信託銀行の貴重品保管室に入っているとも、また社長から社長へ口伝で伝えられているともいわれている。

わたしの知っている両国の「坊主しゃも」というお店は、黙阿弥《もくあみ》の芝居にも登場する江戸期からの軍鶏《しゃも》屋さんだが、ここのおかみさんは家付き娘で父君から教わったタレの秘密を守っている。お婿さんである旦那さんにもその秘伝は明かさない。「万万が一、離縁でもしたら、主人と一緒に秘伝が外へ洩れてしまいますからね」というわけで、タレを調合するときは御主人をお使いに出すそうだ。

そういえば、屋台の焼鳥屋をやっていたころの母も、タレを作るときは、わたしを外へ追い出した。「うちの屋台はこのタレで保《も》っているんだからね」と御大層なことを言うので、ある日のこと、物陰にかくれて見ていると、なんのことはない、そのへんにざらにあるタレに味の素をどっさり入れるだけのことだった。では、その息子のわたしになにか秘伝はあるか。行き詰まったときに鼻毛を抜いて原稿用紙の端に植えながら打開を計ることか。あんまりばかばかしい手だから、やはりこれは秘伝にしておいたほうがよさそうだ。

（「小説現代」二月号）

足の指

降《ふり》矢《や》政《まさ》治《はる》
（「東京文芸」編集兼発行人）

いつぞやテレビで、オリンピックの柔道で金メダルをとった田村亮子さんのインタビュウで、相手と対峙した時、「まず何処を見ますか？」とアナウンサーが尋ねた。

大方の予想は目を見るとか、顔を見るとか言うだろうと思っていたところ、「まず足を見ます」と言った。そして、足の指が畳をしっかりとらえ、吸い付くように歩を運んできた時、「これは手強い相手だな」と感じると言った。

そう言えば、相撲の解説者が先代の若乃花は、「土俵に根が生えたように足がピタリとすいついたようで、押しても、引いても、いっかな動くような気がしなかった」と言ったことがあった。田村亮子さんも同じことを言うと思った。

やはり、足、とくに足の指が案外大事なんだな——そこに力の基が潜んでいるのか——と知った。足に合わない靴を履くと外反母趾になり、ひいては身体全体へも影響が出始める。

ドイツでは、靴を、足の健康を重んじて作っているという。何事も足元からというが、そういうことなんだと納得した。

過日、新宿の住友ホールで「日本百名山」の講演会があり、山好きが集まった。私も山が好きなので参加してみたところ、講師は女性登山家として、エベレストを何回も極めた今井道子、田部井淳子両氏と、最近テレビで人気の中高年登山家の岩崎元郎氏の三人であった。三者それぞれ貴重な体験に基づくはなしで大変面白かったが、田部井淳子氏のはなしの中で、
「私は山に行かない時でも何時も山のことを考えて暮らしています。たとえば、足がしっかり地面をつかまえてくれるように、五本の指が分かれている、こんな靴下を履いています」

とわざわざ演台の上へ足を出して見せた。そして、山で休憩をとる時は、必ず靴を脱いで五本の足の指を揉み、足の疲れをとるそうです。足の指を揉むと、
「足から身体の方へだんだんと温かくなり、元気が戻ります」と言う。

そして、いつも高い靴を履いています。
「顔にはお金をかけませんが、靴にはお金をかけています」と言った。

女性の聴衆からは思わず笑い声が上がったが、ロック・クライミングの時、いかに岩を自分の足がしっかりつかんでくれるか、そのことが大変大事だということがよく判っているからこその言葉だなと感じた。

かつてオリンピックで、三段跳びは日本のお家芸と言われるほど強かった。

一九二八年のアムステルダム大会で織田幹雄が優勝、次の三二年ロサンゼルス大会では、南部忠平が優勝、その次の三六年のベルリン大会では、田島直人が優勝してこの部門、三大会三連勝

で圧倒的な強さであった。

これは日本人は下駄を日常履いているからだと言われた。下駄は足の指が自然としっかりつかまえているので足の指が強くなり、三段跳びには有利だと言うのである。

そういえば、下駄は最近履かなくなり、ついぞ見かけなくなったが、いい所が沢山あると私は思っているので、今でもいつも履いている。

家内は「カラコロとみっともない」と言うが、夏の素足に履く下駄の感触は爽やかで、捨て難く、一応家内の忠告は聞き入れて、少し遠い所には履いて行かないようにしている。

しかし、床屋さんや近所の農家へ、たまに野菜を買いに行く時など履いて行くと、「おや、下駄ですか、珍しいですね」と言われるようになった。

ほとんどの人は近くを歩く履物はサンダルが多いようだが、どうもあのサンダルというのは、地面を引きずっているようで厭なのである。女性用のは踵が高いので引きずれないからよいのだが、男性用はだめだ。

愛用している下駄は、もう何回買い替えたことか、——家内も下駄の歯が磨り減ってくるとだまっていても買ってきてくれる。

これは、正月三が日は着物で過ごし、元旦には近くの氏神様に毎年着物姿で、足袋を履き下駄で初詣に行くことも、大いに関係しているのかもしれない。

昔は雨の日によく履いた足駄も、最近の若い人には足駄と言っても判るまい。

嘆かわしいことになったもので、黒マントに高下駄は学生の一般的スタイルであった。

もっと日本独自のこういった身近な文化を残すことに今の大人たちは、真剣に考えなければならない時に、来ているのではないだろうか。

日本独自のこれら文化は、かえって外国の人たちが評価して、今に外国で流行するんじゃあないか、などと思ってしまう。

また、今の大人を情けないと思うのは、若者の真似をすることが格好いいと思っていることで、例えば下着を出してみたり、いい年をして得意げに何処へでもリュックを背負って行ったり、ジーパンを何処へでもはいて行ったり、外国のホテルではそんな格好は入れてくれない。ヨーロッパの旅行でそんな格好の夫婦が、一流ホテルで昼食のとき断られていたことがあった。

最近はテレビを見ても若者中心で、我々が見たい番組の何んと少ないことか、視聴率にとらわれない、後の世まであれは良かったと、語り伝えられるものを切にのぞみたいものである。

（「東京文芸」第五号五月刊）

サルベージ一代

神田《かんだ》　力《つとむ》
（団体役員）

昭和十八年十二月の初めであった。鳥取県美保海軍航空隊に入隊している学友飯島靖郎君に面会するため、私はひとり国鉄境線大篠津駅へ向った。

七つボタンの軍服で身を包んだ彼の姿を想像しながら、長い時間、車窓の景色を見続けた。

彼は海軍飛行予科練習生の試験を受けて、旧制中学三年の十月、美保航空隊に入隊した。十五歳になった年齢《とし》である。

航空隊基地大篠津の町は、少年の私の目に生き生きとしたものに映った。面会所で彼と会ったのはどれ程の時間だったろうか。彼の口吻に軍人のものを感じながら、振り返り振り返り面会所を後にした。

時は経ち、戦争は終り、そして戦後の苦しい流れの中も通り抜けて、会わないままに月日は過ぎていった。

あれからお互いに年齢を重ねた。久方ぶりに会えたのは、二十数年も時を刻んでいた同窓会の席であった。

昨年の夏、「この度私の人生の大半を過ごした海事業の体験を基にした自分史、サルベージ一代記を出版しました」という便りを添えて、飯島靖郎君から一冊の本が贈られてきた。

戦争が続いていたら、特攻機で生命を落としていたかも知れない。いや、すでに飛び立つ飛行機もなくなっていて、どのように戦争を戦い続けることになったのであろうか。その彼が戦後運輸省の潜水技術員学校に進み、五十余年をサルベージに取り組んで、後世に残る実に多くの仕事を手がけていた。得々と弁じたてることもない、物静かで、実直な彼にして成し得たことなのであろう。「サルベージ一代記」で初めてその仕事の数々を知った。

今年二月六日夜のテレビ「プロジェクトX」が、「男たち不屈のドラマ、瀬戸大橋——世紀の難工事に挑む」を放映した。本州と四国を架橋で結ぶという構想は、海難事故から逃れるためにも悲願であり、まさに世紀の大事業であった。

本四架橋の三つのルートが閣議決定され、本州四国連絡橋公団が設立されたのが昭和四十五年七月であった。

その三ルートのうち、児島・坂出ルートが着工されたのが昭和五十三年十月であった。坂出と与島に架ける南と北の備讃瀬戸大橋の橋梁建設は、大変な難工事である。その本四公団坂出工事事務所長に、当時の国鉄技師である四十一歳の杉田秀夫さんが任命された。

杉田所長は十年間その職に踏みとどまって、この架橋を見事完成させた。困難の続く長いこの期間、杉田所長を助け、支え続けたひとりに飯島靖郎君がいた。

「プロジェクトX」に出演した飯島君は、杉田所長の人間性を評して、「男が惚れる男です」と語った。

飯島君は潜水学校を卒業した後、深田サルベージ㈱に入社し、多くの海難事故処理に取り組んできた。沈没した客船、貨物船の引き揚げ、太平洋戦争で伊予灘や宮崎沖に沈んだ潜水艦の引き揚げや戦艦「陸奥」の引き揚げ作業も行なった。昭和三十年五月、九百五十名を乗せた宇高連絡船「紫雲丸」が、衝突沈没する事故が発生した。彼はこの「紫雲丸」救助にも出動した。

それらの経験は、瀬戸内の潮流の速さや海底の地質などを彼に熟知させていた。

本四架橋の計画が俎上に上り、明石海峡の海底地質調査が開始されたのは昭和三十八年、建設省が神戸に調査事務所を置いてからである。

海中工事に多くの経験と実績を持つ深田サルベージが、この地質調査を任されて、彼がこれを担当することになった。この時から彼は本四架橋に関わることになり、昭和六十三年完成の児島・坂出ルート、平成十年の神戸・鳴門ルート、平成十一年の尾道・今治ルートの三ルートすべてに技術と経験を役立てた。

昭和十六年四月、県立大社中学校に入学した飯島少年は、日本海に面した漁村の鵜鷺村鷺浦から、山ひとつ鷺峠を越える山道を毎日通学した。学校まで片道八キロの距離、冬の峠は積雪が一メートルもあった。

海を見て育った飯島少年には大きな夢があった。中学を卒《お》えたら高等商船学校に進み、将来、世界一周航路の船長になりたいという憧憬が、八キロの山道も難儀を感じさせなかった。

しかし、戦争がその夢を変えさせてしまった。飛行予科練習生として敵機敵艦と戦うことを決意させた。戦争が終って、海上の思いは海中、海底への仕事に半生をおくることになった。
人生はドラマに擬《なぞら》えられる。ドラマは主演者と助演者でうまく演じられるが、飯島君はそのどちらをも演じた。彼は長い経験の中で常に仕事上の決断を自分自身に求めてきた、と電話の向こうでそう語ってくれた。
「人間はこの世に生きた以上、だれしもがなにかしらその痕跡を残している。その人がいなければ存在しないサムシングがこの世に残っている」(阿刀田高『ものがたり風土記』第五章)
(「島根日日新聞」十月十八日付)

伊東温泉

宮《みや》城《ぎ》谷《たに》昌《まさ》光《みつ》
（作家）

伊豆の伊東温泉に「いな葉《ば》」という旅館がある。その旅館には、大学生のころからよく行った。

観光ガイド本に載っているその旅館のうたい文句は「大正時代から残る木造三階建ての宿」というものであるが、たしかに玄関は唐破風《からはふ》を想わせる造りで、建物全体に風情がある。料理自慢の宿であることもたしかであるが、私にとって印象深いのは、料理のよさと豊富さというよりも、風呂の湯の熱さである。結婚してから妻を二、三度つれて行ったが、

「あのお風呂に、はいったことがない」

と、いう。熱くてはいれないが、浴室内の湯気でびっしょりと汗をかく、それで充分だ、というのである。私は旅館が好きで、各地の旅館に泊まってきたが、「いな葉」ほど熱い風呂はほかになかった。そういえば、そこの風呂に一日に二度はいってから、どこの温泉に行っても、風呂は一回でやめる、ということになってしまった。二度はいった翌日に、猛烈に気分が悪くなり、ずいぶん苦しんだからである。

——風呂が熱かったせいだ。

と、おもいなおしたことがある。下呂《げろ》温泉（岐阜県）の木曾屋《きそや》という旅館に泊まったとき、湯のあまりの気持ちよさに、この湯なら二度はいってもかまわないのではないか、とおもい、深夜、また風呂にはいったところ、気分が悪くなった。それで湯の温度に関係なく、私は風呂に二度はいってはならない、と決めた。

私はぬるい風呂より熱い風呂のほうが好きなので、「いな葉」の風呂には挑戦的な気分ではいる。あるとき（学生のころか、あるいは、会社員になったばかりのころか忘れた）体を洗うつもりで風呂からでてほっとしていると、あきらかに旅館の従業員であるとおもわれる初老の男がはいってきた。男は湯の温度をたしかめた。すぐにでてゆくのだろうとおもったら、

「お背中を流しましょう」

と、いった、まだ夕方にもならず、外の明るいときである。浴室には私のほかに客はいないので、男は私にむかっていったのである。私はとっさに声をだせなかったが、ああ、とか、ええ、とか答えたようであった。男はすばやく私の背中を洗いはじめた。その気分のよさは名状しがたい。

「どうぞ、ごゆっくり」

私の背中を洗い終えた男はそういって去ったとおもうのだが、どうもそのあたりが明確ではない。じつは私は全身で感動していた。なるほど私はこの旅館の客にはちがいないが、社会的にはまったく重みをもたず、多くの客をみてきたその男の目には、

「若僧」

あるいは、

「青二才」

と、映ったはずである。チップのでそうもない客の背中は無視してかまわないではないか。しかし男が私の背中を洗ってくれたことは、まぎれもないことで、なぜ男がそういう心境になったのか、わからなかった。それから三十年以上が経《た》ったいまでもわからない。とにかく、旅館の従業員に背中を流してもらった体験は、あとにもさきにも、ほかにもなく、そのときそこだけである。年月が経つにつれて、そのときのうれしさがふくらみ、ついに知人に話してしまった。知人は即座に、

「そんな旅館があるなら、行ってみたい」

と、いった。温泉旅館の良否は、部屋、料理、風呂できまるが、じつはサービスがもっとも重要かもしれず、よけいなサービスをしているところが多い。私は「いな葉」がしてくれた最高のサービスとはそれであるといまでもおもっている。数年前に編集者といっしょに「いな葉」へゆき、その人について訊いてみたが、もう旅館にはいなかった。

伊東の街を歩くと、二十代のほろ苦さがよみがえってくる。二十代の私は、なぜか伊東にくるたびに、小説家になりたいという意《おも》いが強くなった。よく川に沿って歩き、しばしば海岸に行った。伊東という街を舞台に小説が書けないものか、とおもい、街と人とを観察して歩いた。だが、ついに伊東を舞台にした小説を書くことはできなかった。「いな葉」に長逗留して小説を書くの

が夢であった。夢を夢のまま、そこにあずけておくのも悪くない、とちかごろはおもうようになった。

（「小説新潮」一月号）

散る桜、残る桜も……

小島《こじま》延介《のぶすけ》
（宇都宮市議会議員）

「散る桜残る桜も散る桜」

この言葉を最初に発したのは誰か、を巡って友人たちとやりとりが始ったのは昨年の秋だった。初めに提起したのはA君だった。

「ある通夜の席で、導師が説話のときに朗した」

と、同級生だけの酒席で披露、読み人知らずと謎を投げかけた。

そこにいた友人たちは、私を含めて一様に、

「どこかで聞いた言葉だが、誰が作ったのだろう」と首をかしげた。

昔机を並べた同級生が、ひとりふたりと黄泉《よみ》のくにへ旅立つようになったせいか、お互いの心に「残る桜も散る桜」は妙に引っかかっていた。

一ヵ月ほど過ぎて、探求心旺盛なB君が米沢藩主の子息で、藤沢周平の『雲奔る』に書かれた雲井龍雄の辞世の句だと言ってきた。

何気なく目を通した永六輔の『二度目の大往生』の中に、「井上ひさしさんの生活者大学で米沢

に行った際、常安寺に案内されその碑を見つけた。長いあいだ、うまい文句だと思っていたが、斬首を前にした句ということを知って、感動もひとしお」

とあったのを発見した。

さらに一ヵ月ほど経つと、そのB君が「いや、瀬戸内寂聴の『手毬』では、明快に良寛の辞世と断じている」と一八〇度転回した。

早速、私も文庫本の『手毬』をめくってみると、

「『御辞世は』良寛さまは半分眠ったようなうつらうつらとした声音で、『散る桜残る桜も散る桜』とつぶやかれ、そのままひきこまれるようにすとんと眠りに入られた」

とあった。

幕末、維新の志士雲井龍雄（一八四四〜一八七〇）と、村童を友と生きた歌人良寛（一七五八〜一八三一）では、同じ句を発するにしてもあまりに環境が違い過ぎる。これは面白そうだと、私の好奇心がうごめいた。

十年ほど前に、良寛の生誕地、越後の出雲崎にある「良寛記念館」や二十年間住んで修行した国上山の茅葺きの草庵「五合庵」を訪れたのを思い出しながら、「散る桜」顚末に参入した。

まず、インターネットで「良寛と貞心尼」のホームページを検索してみると、辞世の歌といわれているものに、

「散る桜残る桜も散る桜」

「うらを見せおもてを見せて散るもみぢ」

「形見とて何か残さん春は花山ほとときす秋はもみぢ葉」の三つがあるとなっていた。やはり「散る桜」は良寛のものだったのか、すぐに同調してしまう悪い癖が出て、一挙に良寛説に傾いた。

こういう論争には黙っていられないと、C君も水上勉の『良寛』などを調べた上で、辞世の句は「うらを見せ……」となっているではないかと主張した。

私はますます真相を知りたくなって、良寛が好きで五十八歳の春に発奮し、ホームページまで作ったという長野県の村越さんに、Eメールを送った。

年の暮れが押し詰まっていたにもかかわらず、返信はすぐに来た。

しかし、その内容は、

「私は、趣味でホームページを作成しただけで、研究者ではありません。したがって、どの歌が辞世のものかはわかりません。(居合わせてないので、誰にもわからないかもしれません)」

と、つれないものだった。

年が明けて、村越さんから分厚い封書が届いた。中を開けると、良寛辞世の歌の出所を記した七冊のコピーが、ていねいにも赤のサイドラインまで引いて送られてきた。村越さんとだけしかわからない、名前も住所も明かさない篤志な方の好意に感謝しながら、そのコピーを熟読した。

その結果は、「うらを見せ……」説と「形見とて……」説がそれぞれ二冊あって、「散る桜……」説に触れているのは三冊あった。その三冊いずれもが、新潟県生まれの歌人相馬御風が見つけたという、地蔵堂町小川家の反古《ほご》にあったのを根拠としていた。

糸魚川市の歴史民俗資料館にあるというその文書は、

「良寛禅師重病の際、何のお心残りはこれなきかなと人問いしに、『死にたうなし』と答う。また、辞世はと人問いしに、『散る桜残る桜もちる桜』と答う」（『良寛研究論集』）

と記されている。

寂聴の『手毬』が、これらの書を参考にして書かれたことは想像に難くない。それでも、「散る桜」説の出所がすべて同じとなっているのは、やはり客観性に乏しい。

寂聴自らも「理につきすぎて良寛様らしくない」と書いているし、高校の国語の先生だったD君も「歌人なのになぜ五七五の発句を辞世にしたのか」との疑問を投げかけた。

私も、自分が命を落とす際に「残る桜も散る桜」と、脱俗した高僧が生きている人に引導を渡すような言葉を吐くこと自体腑に落ちなかった。

そこで再びパソコンの前に向かう。この小さな精巧な機械が、今ではいながらにして資料を手にすることができる私の〝図書館〟になっていた。

民謡で知られる山形県真室川町に長泉禅寺という曹洞宗のお寺がある。そこのホームページ「しあわせ地蔵の寺へようこそ」に、末期患者を見舞う心得が載っている。

往々にして、末期がんの方を見舞う機会もあるので、興味深く目を通してみた。

「誰の話だったのか忘れましたが、昔病状が思わしくない患者をある人が見舞いました。そのとき、病床の人はその人に『散る桜』と告げたそうです。自分はもう死を目前にしている、という意味でありましょうが、下の句をつける腹がまだ決まっていない。そこで見舞った人が『残る桜も散る桜』と付けたと聞いています」

と、曹洞宗でありながら、禅僧良寛には触れていなかった。では、「誰の話」と「昔」は、良寛より古いのか、新しいのか、ここでまた迷路に入り込んでしまった。

私は、良寛説がいまひとつ琴線に触れてこない謎に、再び雲井側からの探索を試みた。偶然にも本名が同姓ということもあって、興味は尽きない。

雲井生誕の地、米沢市の「広報よねざわ」に掲載された『城下町ぶらり歴史探訪』から、雲井の足跡をたどってみた。しかし、そこから「散る桜」を見出すことはできなかった。

明治三年（一八七〇年）十二月、内乱罪に問われ、二十七歳にしてさらし首の刑に処せられた雲井は、斬首を前に残した「死して死を畏《おそ》れず、生きて生を偸《ぬす》まず……」が辞世の詩となっていた。

思わぬ発展に、問題を投げかけたA君も思い切って米沢の常安寺へ電話をかけた。

「雲井の墓はあるが、『散る桜』の句に関するものはない。漢詩では多くのものを残しているけど、短歌や俳句は聞いたことはない」

との返事が返ってきた。雲井説は消えようとしていた。

雲井は反逆者として処刑されたものの、作った漢詩は、信念を貫き、反骨に生きた短い生涯を映して「壮志と悲調とロマンチシズムに溢れている」と、明治時代の青年たちに大いに愛誦され、新時代を担う士気を高めたと伝えられる。

雲井の壮絶な死生観はまさに「散る桜」にふさわしかった。

それにしても、雲井は江戸で斬首を前にして、良寛は越後の臨終の床で、と全くシチュエーションを異にして詠まれた辞世の句が、同じ句として伝えられているところが不思議でならない。共通しているといえば、雲井は十二月二十六日、良寛は一月六日という、来るべき春を待ちきれないで逝った無念の思いが桜に託された、と言えるくらいだろうか。

「散る桜残る桜も散る桜」顚末、一応は良寛と信じながらも、まだまだ決め手が見つからないまま、ひと冬が過ぎた。

桜の季節を迎えて、同じメンバーで花見の宴が設けられた。最近川柳にこり出したE君が「逝く順をねぶみしているクラス会」と即興に詠んだ。それぞれに寂しく手を叩く姿を見ながら、私は「散る桜」はもう誰の句でもいいと、花びらが浮いた茶わん酒を口に運んだ。

（「文芸栃木」第五十五号十二月刊）

憧れの教壇

松林厚子《まつばやしあつこ》
（主婦）

子どもの頃、学校の先生になりたかった。家業が学習塾で、父親が生徒達に勉強を教えている姿をいつも見ていたのも影響していたかもしれない。

小学五年生の時、学校から帰ると家には誰もいなかった。暑い日で、体は汗だくだった。冷蔵庫から麦茶を出して、一息ついていると、小学校一年生の生徒が二人やってきた。小さい私塾のことで、自宅の一室が板張りの教室だった。

私は、「りぼん」を読みながら、父が帰って来るのを待っていた。が、父は、授業が始まる時間になっても姿を現さなかった。教室では、二人の生徒が一番前の机に座って待っている。私は、二人に「ちょっと待っててくれる？　先生、すぐ帰って来ると思うから」と声をかけ、すがりつくような気持ちで時計を見つめていた。開始時間を十分過ぎても父は戻らなかった。

このままだと、うちの塾の評判が悪くなっちゃう。授業をやらなければ月謝を貰えない。私は、使命感に駆られて、にわか先生になることを決めた。父の机から、一年生用の教科書と参考書を抜き出して脇に抱えた。

「お待たせしました。では、授業を始めます」

子ども達は、素直に頷いた。

「はい、国語の教科書を開いて。今、何ページやってるの？」

塾が休みの日に、遊びで黒板に悪戯書きをしたことは何度もあった。広い黒板いっぱいにアニメの主人公を書くのは楽しかった。

ところが、白墨を握りしめて漢字を書こうとすると、指が震えてうまく書けない。縦線がびよーんと延びてしまって、間の抜けた漢字になってしまう。生徒達は、何の疑いも持たずに怪しい漢字を書き写す。心臓がドキドキした。

「はい、では、ここを読んで」

父がどんなことをやっていたか頭に思い浮かべながら、次は何をしようかと思案していると、玄関が開いて、おでこの汗を拭いながら父が入ってきた。


その夜、父は私の頭をなでながら五十円をくれた。側にいた母が、「私は、授業をしてもそんなに給料もらえないよ。多すぎるよ」と口を尖らせた。私は、五十円玉をすばやくポケットにしまい込んだ。


中学校で私の成績は悪くなかった。

それで、地域では進学校といわれる高校にすすんだ。そこではちょっと勉強をさぼると、成績は谷を転がるように落ちる。逆に上がるのは、ザイルを打ち付け山登りをするように、一歩一歩しかすすまない。

私は、元来怠け者だった。そのくせ、努力をしても思うように総合順位が上がらないとわかると、勉強を諦めてしまった。

「先生」が、目指す職業から、「子どもの頃の夢」になってしまった。深く落ち込みはしなかったけれど、掴もうとしていたものが手の届かないところへ行ってしまったようで、空虚感がじわじわ広がった。


あれから、二十年以上たつ。私は、専業主婦。子どもがいるから、学校に足を運ぶ機会は少なくない。女性の先生が増えるに連れ、女性の校長、教頭先生も増えている。颯爽と校舎を歩く女性の先生達をみると、「かっこいいなあ」と羨んでしまうことも常々だった。

二年前の春、小学生の子どもが「ボランティア募集」と書かれたプリントを手渡した。開かれた学校にするために、地域の人を対象に、ボランティアを募集するという。内容は、「戦争体験を話す」「外国語を教える」「パソコンが得意な方」など、多岐に亘《わた》っている。

その中で、「本の読み聞かせ」という項目があった。

読み聞かせ。それなら、高校生になった息子が幼稚園にはいる前から、今現在幼稚園児の末息子の為に、私がずっとやっていることだ。

これなら出来るだろう。

申込書に、必要事項を記入して学校に提出した。

「さあ、これで何か言ってくるかな。他にも、読み聞かせで申し込んだ人がいるのだろうか。前の校長先生がやっていたように、昼休みに本好きな子どもを集めて図書館で、読むのかな」

一人、わくわくして待っていた。が、学校からは何の音沙汰もなかった。


年が明け、冷たい風が吹く季節に、学校から電話がかかってきた。電話口で名のったのは、顔と名前は知っているけれど、特に話すことはないはずの先生だった。

先生は、「二年生に絵本の読み聞かせをお願いしたいのですが」と言った。

私の他には、民話の素話をなさる方が一人だという。その方は、元教師で、月に二回は、素話の勉強会に参加しているらしい。

私はといえば、図書館で借りてきた本を、寝る前に自分の子どもに読むだけだ。

十五分の持ち時間で三クラスを回る。私と、民話の先生、そして学年部のお母さんが順番で、子どもにお話を聞かせる。

詳しい内容を聞いていて、想像していたよりきちんとした場所と時間が設定されているので、身の置き所が無くなってしまった。

「あの、私は、別に特別研究しているわけではなく、ただ家で子どもに本を読んでやっているだけなんですが……」

私の怯んだ様子に先生は、優しく、でも有無を言わせぬ調子で、「でも、読み聞かせボランティアに登録なさってありますよね」と念を押した。

ええい、ままよ、どうにかなるだろう、私は、不安を押し隠すように、「承知いたしました。ご協力させていただきます」と、返事をした。


読み聞かせ当日、学校の職員室へ顔を出すと、顔見知りの学年主任の先生が、「さあ、さあ、校長室へどうぞ」と手招きした。ソファーには校長先生と見慣れない初老の女性が座っていた。学年主任の先生は、「こちらが、素話の笠野先生ですのよ」と、優雅に微笑んでいる女性に手を向けた。そして私に椅子を勧めながら、「こちらが、松林先生です」と、紹介した。

「いーえ、とんでもない。先生なんて、違うんです、違うんです」

私は、顔の前で手の平をひらひらさせた。

先生なんて呼ばないで、私は、そんなに偉くないの。先生になれなかったの。「先生」と呼ばれることに対する心地悪さとくすぐったさが渦巻いた。

「では、松林先生はまず一組です。子どもがご案内しますから」

私の胸ほどの背丈の少女が、恥ずかしそうに校長室のドアを開けた。

少女に連れられて、教室に行くと椅子がぐるっと教壇を囲むように半円形に並べられ、子ども達が座っていた。

担任の先生が、「はい、みんな、松林先生になんて言うの？」と声をかけると、子ども達が、「おはようございます。松林先生」と、椅子から飛び出しそうな勢いで挨拶した。

「あのね、私は先生じゃないのよ。この学校におばちゃんの子どもも通ってきているの。だからみんなのお母さんと同じだよ。よろしくね。私は、松林厚子といいます。今日はおばちゃんが大好きな絵本を持ってきたよ。みんなの中で、アメリカって国知っている人いる？　まずはね、アメリカの人が書いたお話を読むね。聞いて下さい」

本を読みながら、子ども達と言葉のキャッチボールを交わしながら、三冊の本を読み終わると、ちょうど私の持ち時間が過ぎた。三クラスを回ると、校長室に戻り、そこで、花束を頂いた。立派な花束だった。これは、どこの収入から出るお金でまかなわれたのか、そんなことを心配しながらも有り難く頂戴した。

「先生」にはなれなかったけれど、まあ、いいか、と一人で頷いた。

（「文芸栃木」第五十五号十二月刊）

ドクター・ハウシルド

比企寿美子《ひきすみこ》
（エッセイスト）

昼に成田を飛び立ち、やがてひと眠り。再び室内燈が明々と点されるともう十時間も飛行して、既にヨーロッパ上空である。百年前ふた月かけた欧州への船旅は遥かに遠く、さらに三十年前アンカレッジで給油して飛んだ欧州への十八時間も、昔話となった。

いま眼下に広がる眺めは、まさしく北ドイツだ。点在する湖、赤レンガの家々、深い緑の森と牧草地が見えると「ああ、帰って来た」と、比企能樹《ひきよしき》の胸は熱い。

三十五年前ドイツ留学で、現在真上を飛んでいるハンブルグに単身降り立った。三月初めの北ドイツは凍るように寒く、電車を乗り継いで、昔日のUボートの母港があるキール市に着いた。能樹が「ドイツへ行きたい」といった時、医局では「医学はもうドイツではないよ」と、苦笑された。この頃、医の世界でも多くの日本人がアメリカ志向であった。だが能樹は何故かドイツに惹かれる。ドイツ流の教育を受けた父から、この国の燦然とした医学史と文化の奥深さを、繰り返し聞かされていたからだろうか。

ドイツ人に知己を持つ妻の父が、娘婿を留学させてくれないかと数人に頼んでくれた。その内の一人から承諾の返事がきて、偶然にも義父と同じキール大学が留学先となった。外科学教室の建物は、赤いレンガでいかめしく聳え、高い天井に冷たい石の壁と床、暗くて広い廊下が、四百年の歴史の重みで遠来の能樹を威圧した。

到着して以来、能樹の世話をしてくれたのは、義父の留学時代の研究助手や看護婦達であった。義父は懐かしげに「可愛い女の子達」といったが、いずれもメルヘンの魔法使いのようになっている。たいへん親切なのだが、若い能樹には彼女達の至れり尽くせりが時折気重となった。皆が嬉々として選んだ帽子、長靴と厚手のコートを買わされて身に着け、寒々とした森の中に憮然と独り立つ写真が、日本の家族に送られてきた。

住まいの学生寮で同室の学生とは、既に大人の能樹はかみ合う所がなく、寂寥にかられてベッドに身を横たえると、目蓋に三歳と一歳になる子供達の笑顔が浮かぶ。幼い子供を留学の巻き添えにするなと両親は反対するが、二年間もこの状態は耐えられないと、毎夜能樹は妻にせっせと手紙を書いた。「一日も早く来てほしい」。

給料をはたいて夢にみたドイツ車を手に入れると、にわかに行動範囲が広がった。日本からの留学生仲間と遠出をしたり、博物館や音楽会に出かける。ヨーロッパの文化は知れば知るほど奥深く、その入口に佇んだばかりの能樹の心をわさわさと揺さぶった。

その頃には単身で充分やっていけると思ったが、当初書き送った再三の要望に応え、家族の渡独が決まった。キール市内から二十五キロほど南下した小さな村に住むドクター・クラウス・ハウシルドがそれを伝え聞いて「大学からは少し遠いが、子供にはいい環境だから」と、自分の病院の看護婦寮の部屋を提供してくれることになった。ハウシルドは義父が一九三五年に留学した時、外科研究室で机を並べて以来の親友である。

妻が、未だ聞き分けのない小さな子供を連れた十八時間の飛行に疲れ果て、不安げにハンブルグに到着した。「早く来てくれ」と書いたものの、妻の顔を見た第一声に「そんなに急いで来なくてもよかったのに」と言ってしまい、後々まで恨みをこうむった。

初めて家族を乗せた車はハンブルグから北へ百キロほど、夏のシュレースビッヒホルシュタインの森と湖を縫って快走し、やがて小さな村に入った。森の中に、ハウシルドの屋敷と四階建ての病院が並んで建っている。赤レンガの外壁に緑の蔦が這い、窓枠には真っ白なレースのカーテンが揺れて、前庭に花々が美しく咲きこぼれる。

屋敷のドアを開けるとベルがチリリンと響き、玄関ホールに窓から差し込む夏の陽が、能樹一家を暖かく包んだ。ハウシルド夫妻が子供達を愛しげにかわるがわる抱きしめる。妻は、ハウシルドに「お父さんはお元気か」と聞かれて、初めて笑顔を見せ、大きく肯いた。

翌日からベートーベンの田園交響曲さながらの村の生活が始まった。朝「おはよう」の声がして、誰かが台所のガラスをノックする。窓を開くと赤いナイロンの網袋に入った焼き立ての丸パン四つとピッチャーに一杯のミルクが、無骨な手でにゅっと差し出された。

ハウシルドは村はずれに大きな牧場を持っていて、見渡す限りの牧草地に沢山の牛や豚、羊を飼い、広大な畑にはジャガイモなどの野菜ができる。そこでの生産物で病院全体が自給自足するようになっている。牧場で働く素朴なお百姓のおじさんが、毎朝絞り立ての牛乳とパンを届けてくれるようになった。

ハウシルドは、婦人科医であるハニー夫人と共に四十床ほどの病院を開いている。北ドイツの人特有の大柄なハウシルドが村の中をゆったりと歩くと、村人達が丁寧に帽子をとり「先生様、おはようさんです」と、あちこちからかかる声に「親父さんの具合はどうだい」などと、返事しながら歩を進める。プラチナブロンドが輝く夫人が颯爽と歩くと、子供達が自分の名を呼んで貰いたくて集まる。この子達は夫人に取り上げられ、この世に生を享《う》けた。

能樹の留学も半年が過ぎた。北国の秋は早く、冷たい風が広大な牧草を分けるように走ると秋の陽はあっという間に沈む。緯度の高いこの地の人々は、夏は夜晩くまで明るい外を楽しみ、秋にはロウソクを灯して暖房を効かせた室内で夜長を楽しむ。

だがこのところ能樹の心は、既にどんよりと冬の空の様であった。家族も来て日常生活は充足したが、勤務先での言葉の壁は当初よりも一層高くそそり立った。北ドイツの人は朴訥で暖かいと聞かされていたが、能樹にとっては愛想に欠け恐ろしげであった。もともと万事に控えめな能樹は、医療現場で持てる力を主張できず、唇を噛み締めることが度々あった。自分がこれまでやって来た日本の医療のほうがはるかに進んでいる、未だに古いやり方のドイツへ何を学びに留学したのだろう、これ以上いるのは時間の無駄かと悩んだ。

そもそも二十世紀最後の医学躍進の一つに数えられる消化管の内視鏡は、十九世紀初頭にドイツで創《はじ》められたが、一九五〇年に発明された胃カメラは日本が誇る最新技術であった。能樹は日本で、当時外科医としてはめずらしく内視鏡の研究に携わり、既に多くの経験を重ねていた。だが留学したドイツでは、未だ胃カメラすら普及していなかった。ある朝のカンファレンスで「誰か胃カメラをやってみないか」と教授が問いかけた時、例によって遠慮するうち手を挙げるタイミングを失した。この国では、しっかり自分を主張しなければ、認められない。万事こんな状態ではドイツの大学にいる意義はない、日本に帰ろうと能樹はますます考えた。

ある日の午後、家族でハウシルド家のお茶の時間に参加した。女達のお喋りから離れて座るハウシルドに、能樹は「実は、手術もさせてもらえないし、言葉ができないせいか研究の場にも入れないので、そろそろ帰国しようかと思います」と、こぼした。ハウシルドは窓の外を見ながらしばらく沈黙した後、「牧草の刈り取りが見える。ちょっと外へ出てみよう」と、能樹を促してフランス窓を開けふらりと庭に下りた。能樹の肩に手を置いて、ハウシルドがゆっくりと話し始めた。

「第二次大戦でドイツは日本と同じく戦いに敗れたよな。私は軍医として出征し、終戦当時ロシアとの国境近くでソ連軍に捕えられ、収容所に入れられた。ここも寒いが、あそこはもっともっと寒い。私達は何時国に帰ることができるのか、全く予想がつかなかった。酷い寒さと、ドイツ人捕虜は皆殺しという噂で、頭のおかしくなるドイツ人の仲間もいた。私はいつも家族のことを考えて、必ず生きて帰ろうと決心した。そしてその日まで、なんとか自分にできることをやって、我慢して耐えて待とうと決めたんだ。私の場合それは医療だ。だが薬も器具もない。おまけに言葉も分らない。しかしできることで、人々の為にベストを尽くそうと決めた。その内、ロシア人も私を頼ってくるようになった。だが、なあ、一口に五年といっても、それは長いものだったよ。

帰国できてハニーと子供をこの腕に抱いた時は、夢かと思ったよ。居間に飾ってある絵があるだろう。あれは長女のカタリナだが、ロシアの民族衣装を着ている。私が肌身離さず持っていた娘の写真をもとに、治療のお礼といってロシア人の画家が描いてくれたんだ。あれは私の勲章だよ」

普段寡黙なハウシルドが、めずらしく長い話をした。

この後、能樹はひと山越したかのように明るく勤務した。やがて手術も研究もやるようになり、同僚と親しくなって家族ぐるみで招き招かれ、親しみを増した。上司や同僚と積極的に話をすることで、伝統を基盤とするドイツ医学の哲学と個々の考えの深さを学べた。そして友情という掛け替えのない成果をしっかり自分の物にした。

能樹は帰国した後も、辛いことがあると今もハウシルドの言葉を反芻する。そしてヨーロッパの学会に参加する度に、「仲間と一緒ですが、訪ねていいですか」と手紙を書いた。直ぐに「自分の家に帰るのに、なぜ遠慮をする。お前の友は、私の友だ。みんな連れて帰っておいで。お前のオンケル・クラウス（クラウスおじさん）」と、返事が来た。言葉に甘えて、いつも仲間を連れて行った。その度にハウシルド夫妻は、地ビールとジャガイモとスープで暖かく迎え、訪れたみんなは、観光旅行で決して味わえない感銘を受けた。

二十年前、能樹は若い仲間である小林伸行を伴い、ハウシルド家で五日間を過ごした。自家製の野菜や卵、ジャムなど、質素だが心のこもった食事に満足した。ゆったりと過ぎる時間は、日本では考え及ばないテンポであった。小林は壁面一杯に並ぶ本棚から一冊選んで頁を繰る。それはベルリン・オリンピックの写真集で「これは女性の映画監督リーフェンシュタールの作品ですね」と呟くと、ゆり椅子で見ていた新聞を閉じ、ハウシルドがひと膝乗り出した。過ぎ去った暗黒の時代を、ハウシルドはゆっくりと重く語った。

滞在中小林は、一人で家を切りまわしていると思われる夫人が、時折夫を見つめ指示を仰ぐことに気付く。それに応える言葉は短く、低いが、威厳をもって主《あるじ》が家庭の舵をとっている。小林は昔、祖父がこのようであったことを思い出す。今日の日本では希少となった、苦労を重ねた上で家族の信頼を集める強い父の姿を見て、小林は美しいと思った。

一九九五年の冬、能樹は妻と病床のハウシルドを見舞った。能樹はベッドの側でハウシルドの脈を取り、骨と皮になった手を長い間撫でていた。北ドイツの森の湖のようなハウシルドの蒼い目が開かれ、「子供達は元気かい」と囁くように呟いた。能樹は大きく肯きながら「今度は一緒にきます」と答える。だがハウシルドは、ゆっくりと頭を左右に振り「お前達とは、もう会えないだろうよ。私の日本の息子よ Alles Gute（ごきげんよう）」と、微かにほほえんだ。ハウシルドの手をおでこに両手で押し頂いて、くるりと向きを変えた能樹の目から、大粒の光がいくつも零《こぼ》れ落ちた。

ふた月の後、村外れの教会の、大きな菩提樹の下にハウシルドは眠った。

（「春秋」十二月号）

つよい女《ひと》　喜志子と静子

福《ふく》田《だ》はるか
（作家）

この数年、評伝の資料のなかに身を置いている。意中にある歌人や作家の資料を読み漁る時、意外におもしろいのは、それらの人生を束の間横ぎっていく脇の人物たちのたたずまいである。

歌人島木赤彦の生涯には多くの脇役たちが登場するが、なかでも信州の女性たちの個性が抜群にさわやかである。彼には、郡視学までのぼりつめた教員としての日々と、歌誌「アララギ」の同人として斎藤茂吉と並ぶ国民的歌人になっていくまでの日々がある。

教員と歌人の両人生を横ぎる女性のなかでも、特に興味深いのは、のちに若山牧水夫人となる太田喜志子と、恋人といわれた中原静子のふたりである。明治四十二年から四十四年にかけて、赤彦が信州広丘村の小学校校長であったときに、部下の教員として親しんでいる。当時赤彦は三十代なかば、短歌の世界では比較的おそい青年期にあり、まだ〈柿の村人〉のペンネーム時代のことである。静子は信濃女子高等師範を出たばかりの新米教員であり、かたや広丘の尋常高等小学校と農工補修学校を出た裁縫に腕の立つ喜志子は、冬場の裁縫補助教員であった。

赤彦が喜志子を緋桃、静子を白桃にたとえているごとく、明治生まれの信州女であるこのふたりはまことに対照的である。喜志子には剛毅な自我の背骨が、静子には清く確かなヒューマニティの背骨が通っている。

十代のころから「女子文壇」の新体詩や短文の常連であり、選者の河井酔茗や横瀬夜雨から高い評価を得ていた喜志子は、太田水穂が選者をしている地元「信濃毎日」紙の歌壇の常連でもあり、同郷のふたりの青年とのあいだに交わされる自虐的な恋の歌によって今額田王とも、信州の晶子ともたとえられる存在であった。自分の感覚に忠実な彼女は、赤彦から「アララギ」への入会をたびたび誘われても、靡くことはなかった。東京に出て文学をしたいという喜志子の熱望は、のちに家出というかたちで遂げられる。信州の恋人たちを振り切り、故郷に傷あとを残しながら、若山牧水と結ばれ、彼女は歌人として大成していく。

一方、広丘小学校の紅一点の正規の女教員であった静子は、校長と同じ下宿に住み、「おらやの娘」と呼ばれて慈しまれ、歌の弟子となり「アララギ」にも入会する。歌はまだ未熟であるが、素直でおおらかな静子に赤彦は次第に惹かれるようになり、ある日烈しく愛を告白する。だが、師と弟子のあまやかな日々は二年ほどで終わり、静子との噂を恐れた赤彦は人事を画策して転任していく。

この森の奥どにこもる丹の花のとはに咲くらん森の奥どに　（柿の村人）

森のなかにひっそりと咲く丹の花は赤彦の静子を思うイメージである。

広丘村に残された静子と喜志子はおたがいを心の支えにして語りあうのだった。静子は師赤彦への純愛一途の心を、喜志子は同郷の青年たちとの恋の苦しみと文学へのあこがれを打ちあけた。赤彦の配慮で静子は喜志子の実家に下宿を移したものの、喜志子はまもなく出奔する。とり残された静子は師への思慕と孤独のなかで次第に体調を崩し、故郷への転任後数日にして結核様の症状で入院する。

興味深いのは、そこからの喜志子と静子の関係である。

東京からいったん家に戻った喜志子は再度家出の途中に、上田の病院で病に臥《ふ》している静子を見舞い、上京のためのお金を借りている。そしてさらに、牧水と結婚したあとも逼迫して二十円という大金を静子の兄から借りてもらっているのである。

歌は「生き恥をさらして詠む」というのが持論であった喜志子は、晩年になって書いた文章のなかでみずからこの借金のことを記している。が、静子は死ぬまでそのことを他人に洩らすことはなかった。

静子が亡くなって七年後の昭和三十八年、子息奎吾氏によって静子の歌集『丹の花』が編まれたおり、喜志子は請われて「序」を書いている。そこには五十数年をへだてて突然にかつての友の歌を読んだ驚きと懐旧の思いが記されている。師赤彦への敬愛に満ちた歌集を「純朴で初い初いしく」「純情一路を尽した抒情の歌集」「この頃ではまことに稀にしか見ることの出来ないもの」と讃えている。が、静子との関係は「ほんの一年そこそこの間の」親交と書かれ、「何時からと云うことなしにお互い同志疎遠になって了い、そのまま五十年以上もの今日に及んでいた」とある。

おや、おやと私はなかば苦笑まじりに読んだのだったが、それはそれなりに自己中心的な押しの強さと、友への仁義に厚いそれぞれの信州の女のたたずまいを感じて、心が動かされたものだった。

ところが、昨年（平成十二年）、静子の遺族によって「塩尻短歌館」に寄贈された新たな資料が公開され、この借金をめぐって、なんとなく疎遠になったではすまされぬ、もっと厳しく深刻な喜志子の日々が現れることになったのである。

『若山喜志子私論』五部の大著を記された広丘の樋口昌訓氏の最新刊『静子と喜志子』には、静子が亡くなるまで秘め持っていた当時の喜志子の書簡が活字化されている。

大正二年、それは静子の兄とのあいだに正式な借用証書を交わしての借金だったが、牧水の歌誌「創作」発行の細々とした経費、自分や子どもたちの病気などで、すべて消えてしまって返済されることはなかったらしい。

「二、三日お待ちくださいい」「うそを申上げるやうで　まことにすみませんが、どうぞおゆるし下さい」「ほんとに　ほんとに面目次第もなくて悲しうございまする」と、喜志子のお詫びの手紙がつづくなかで、静子は彼女のきまずい心中を思いやってか、大根漬けなどを送っている。

大正四年に喜志子は処女歌集『無花果』を出版するが、静子の兄への返済はあいかわらずなく、「今しばらくの御ゆうよお願申上げます」と記したあげく、「お貴家様で今日明日にさしつかえると申すほどの高い金でもないことですし」「あまりの永いあいだの御ぶさたの故、感情問題に亘ると推察もいたされます」など、身勝手な言いわけがあらわれてくる。そして大正六年、賀状に「創作」再復刊の挨拶が牧水、喜志子の連名で記されて届いたあと、手紙はない。返済をしないまま喜志子は勝手に音信を絶ったと思われる。喜志子の強い自我は、いやおうなしに他を巻き込む。沼津に壮大な邸宅を新築した牧水は、四十四歳で急死する。牧水亡きあと喜志子が結社を束ね、みずからも歌人として大成したのは周知のとおりである。

眉逆だち三角まなこ窪みたるこの面つくるに八十年かかりし　（若山喜志子）

静子のその後の人生は過酷なものだった。おそい結婚をしたものの、その夫にも結核で早くに先立たれ、残された子どもたちを育て上げるべく貧困のなかで戦前戦後を女ひとりで生きぬいている。年譜には幼稚園の保母兼留守番当直や寮母を転々としたあとが記されており、胸を衝かれる。そんな日々にも、静子が返済を迫った様子はない。

赤彦が去ったのちも、またその亡きあとも静子の師への敬慕と思慕の念はゆるがず、生活苦のなかにありながらも、幸せだった二年間の師の思い出を書き残し、歌に詠む日々であったが、世間は彼女のことを赤彦の名を汚す者とみなし、広丘の歌碑公園のなかにも入れられることはなかった。

そのようなかで静子は赤彦からの手紙を部分的に売っている。その理由を私は子息奎吾氏の生前に尋ねたことがあった。

「少年のころ骨折して脊椎カリエスと診断されました。その時です……」

と、彼は涙ながらに語った。結果的にそれは医者の誤診であったのだが、弟妹や夫を結核で失った静子は息子の病名に驚愕し、苦しい生活のなかで必死に治療代を作ったのだった。彼女はその時「赤彦先生が助けてくれた」と号泣したという。

それほどの困窮にありながらも、静子は喜志子の秘密を洩らさなかった。手紙を捨てきれず、持ちつづけていたことに、静子の苦境がいっそうしのばれる。

喜志子は亡くなる直前、自伝「赤い入日」のなかで女弟子に「入院中の、中原静子さんをたずね、決意を打ち開《(ママ)》けた上、二十円を借りて……」とあたかも家出の費用だったかのように語っている。それも喜志子らしいが、彼女が心の底にはずっとその記憶を持ちつづけていたことに、私は少しほっとするのである。

（「モンド」第四号十月刊）

「寅彦と音楽」をめぐる人々

高《たか》辻《つじ》玲《れい》子《こ》
（主婦）

前号でかなりの頁をいただいてしまったのに、今回のテーマが「寅彦と音楽」と知って思わず筆を執ってしまった。私は実は大のクラシック音楽ファン。寅彦先生と同じく十代なかばに達してからヴァイオリンを習い始め、その後も学業や主婦業の合間を縫って同好の仲間と合奏を楽しんできた。キャリアは長いが晩学のせいもあって、あくまでも横好きの素人芸である。が、今となっては、そしてこの先も、私の人生は音楽抜きでは考えられない。

東京大学の大学院に二年余り在籍していたとき、音楽部のオーケストラに入って弾いていたことがある。その関係で、私の手元に「東京大学音楽部管弦楽団60年史」という冊子がある。今から二十年前に作成されたものであるが、久しぶりにひらいて見ると、もしやと思っていた「寺田寅彦」の名前が最初の頁に見つかった。

そこには、「明治維新による文明開化とともに西洋音楽がわが国に導入されたときに、そのひとつの経路として東京大学には音響学として入ってきた」とあり、「そのため物理学の教授陣には例えば田丸卓郎（ピアノ）、田中館愛橘（フルート）、寺田寅彦（ヴァイオリン）などのように楽器を弾く人が多かった」と書かれていた。
寒月君のエピソードで有名な寅彦先生の楽器購入のきっかけとなった田丸家のヴァイオリンは、当時の第五高等学校物理学教室の教授用標本だったのであって、田丸先生ご自身はピアノをよく弾かれ、習い始めたばかりの寅彦先生のヴァイオリンとデュエットを楽しまれたようだ。

「田丸先生の追憶」によれば、そういうときに田丸先生は、「要するに、やるといふ事がハウプトザッへだから」と云って、決して巧拙の出来栄えなどは問題にされなかったということである。

田丸先生のこの言葉は、寅彦先生のその後の音楽人生に最後まで影響したと思われる。また、音楽のことに限らず、寺田家では二人のご子息に対する日常の訓戒の中でも、しばしばこの言葉が用いられたようである。

大正九年、東京大学音楽部管弦楽団（東大オーケストラの正式名称）が設立され、田丸教授はその初代部長となられた。その頃寅彦先生は、音楽部に直接関わることはなかったが、同郷の弘田龍太郎氏にヴァイオリンの個人レッスンを受けていて、その弘田氏は東大オーケストラの前身である一高楽友会を指導していた。また、その頃寅彦先生は新たにセロを習い始めている。

寅彦先生と東大オーケストラの関係は、むしろ先生のご子息を介して語ることができる。昭和に入って東大オーケストラは最初の黄金期を迎えるが、その中心メンバーの一人が先生の次男の寺田正二さんだった。

正二さんは、きょうだいの中でも寅彦先生の文学と音楽の資質を最も多く受け継いだと言われている。全集の日記や書簡には正二さんの音楽活動に関するいくつかの記述が見られるが、それによれば、すでに静岡の高等学校時代に同好の仲間とともに度々演奏会を開いている。そしてそのときの仲間が進学してそのまま東大オーケストラに入団し、その中心メンバーとなった。当時の東大オーケストラは、本邦初演の曲に次々挑戦するなど大変意欲的であり、その中で正二さんはピアノ、チェンバロ、打楽器、指揮などを掛け持ちして大活躍している。

また、静岡以来の仲間の一人で、正二さんと同じ文学部で音楽美学を専攻していた長谷川千《せん》秋《しゅう》さん（後の岩波新書「ベートーヴェン」の著者）は、正二さんの親友であるのみならず、寅彦先生や正二さんの妹さん達とも親しく、しばしば寺田家を訪れては、長谷川さんのヴァイオリン、正二さんのピアノ、そして寅彦先生のセロでピアノトリオを楽しんでいた。寅彦先生はさらにそれと平行して、有名な博士トリオ（寅彦先生のヴァイオリン、藤岡由夫博士のセロ、坪井忠二博士のピアノ）を結成し、熱心に練習を重ねている。

日記や書簡にもしばしば登場する「長谷川君」は、寅彦先生にとっては実の息子とも学問上の弟子ともちがう、いわば純然たる若い音楽上の友人、すなわち楽友だった。

幼いときに父を亡くした長谷川さんは、あるとき正二さんの伴奏でシューベルトの「菩提樹」を歌う寅彦先生を見て、こんな愉快な親父だったら千遍でも伴奏したいと思ったと書いている。そのように長谷川さんは、寅彦先生に自分が憧れ求めてきた父親像を重ねながらその懐に飛びこみ、先生のほうも音楽一途の青年の無邪気な人柄を愛したのだと思う。

長谷川さんが「思想」の追悼号に寄せた「寺田先生」には、楽しかった合奏の模様が、長谷川さんならではの遠慮のないコミカルな筆致で描かれている。音こそ聞こえて来ないが、その場の愉快な雰囲気が時空を超えて伝わって来る。それほどになごやかで楽しい寺田家の合奏と団欒の思い出は、長谷川さんの追憶の中でも最後までひときわ明るく輝いていたにちがいない。

しかし一転して同じ追悼文の後半部分は、最期の病床を見舞ったときの沈痛な記事である。そこには、寺田先生を喪うことを知った長谷川さんの衝撃と悲しみが、真情のままに綴られている。そして、そのとき病床の寺田先生が「僕は凡人だからね」と繰り返し言われたことに、長谷川さんは強い感銘を受けている。

この「凡人」という言葉を、長谷川さんはその三年後に上梓された自著「ベートーヴェン」の序文の中で用いている。すなわち「芸術の存在は、求め悩み欠けたものにたいする代償の花である」と言ったあとで、したがってこの本の中では、主人公を英雄視するのではなく、彼の「凡人としての悩み」を見逃さず、人間ベートーヴェンの全貌に迫ることによって、幾多の名曲の背景を解き明かそうとするのだと書いている。

寅彦先生も、「長谷川君」の前では安心して凡人になりきることができたのだろう。その意味でも、長谷川千秋という人は、「寅彦の音楽」の本質を最もよく理解していた人なのではないかと思われる。しかも長谷川さんは、自ら音楽することによってより深く豊かな音楽体験の世界を作ろうとする先生の意図を合奏の中で共有しながら、「先生の音楽に対する態度やその意図に邁進する練習の科学的な方法を偉大な教訓としていた」のだった。

岩波新書の「ベートーヴェン」は、戦後間もない頃に育った私の世代にとっては数少ない啓蒙書の中の貴重な一冊だったが、その著者について私達は何も知らなかった。長谷川さんが昭和二十年に沖縄で悲惨な戦死を遂げられたことも、無論知らなかった。正二さんの妹である関弥生さんが言われるように、それは「あまりにも長谷川さんらしくない亡くなり方」である。

ところで、ふたたび私自身の話になってしまうが、今から三十年近く前に、ある方と偶然出会い、それ以来、現在八十五歳のその方を先頭に七十代、ほぼ六十代（私）、五十代という年齢構成の女性カルテットを続けている。

ある方というのは、寺田寅彦のお弟子の一人である音響学者・小幡重一先生の長女・山口たづさんである。たづさんは、音響学者である父上のご意向で小さい頃ヴァイオリンを習っていたが、その後戦争をはさんで半世紀の空白の後、六十歳を目前にしてふたたび先生について基礎練習から始められた。（これは昔、寅彦先生が弘田龍太郎氏のところに小さい子どもにまじってお稽古に通い、あらためて初歩から手ほどきを受けたこと、そして五十歳でセロを習い始めたことと似ている。）

初めてたづさんと出会ったとき、私達は間もなく六十歳というその年齢にたじろぎながらも、まさに自ら音楽するよろこびをハウプトザッヘとするたづさんの心意気に感じ、カルテット（弦楽四重奏団）を結成したのである。

たづさんは最初からベートーヴェンやハイドンの難しい曲に果敢に挑戦した。（寅彦先生も、「勇敢にもクロイツェルソナタに肉薄していた」などと長谷川さんに書かれている。さらに長谷川さんは、「先生は素人であるとか年齢であるとかには些かの敗北も見せなかった」と書いているが、博士トリオのメンバーで学問上のお弟子でもある坪井忠二博士は「先生と合奏」（「寅彦研究」

第六号）の中で「どんな難曲でも兎に角一遍は我が手に乗せてみたいと云ふ気持は、すべてのものを自分の目でまともに見ると云ふ先生の生涯を通じたあの気持と自から通ずる処があつた様に思はれる」と書いている。）

カルテットの練習には、たづさんのヴァイオリンの先生が指導に来てくださった。（これも、寅彦家の博士トリオにヴァイオリンの水口先生やセロの酒井先生が指導に来られたのと同じである。）

練習の間のティータイムがこの上なく楽しいのも寺田家の場合と同じである。手に余る難曲がどうやら無事に終わったときの「ホッと微笑される御顔」（藤岡由夫博士の追悼文より）、そしてそれに続く一服と雑談は、いつの場合でもまさに至福のひとときなのである。

たしかに、人生の大先輩も楽器を持てばまったく同じ仲間であり、お茶の時間もその延長で大先輩の有意義で面白いお話をくつろいだ雰囲気の中で聞くことができるし、自分の話も聞いていただくことができる。

そんな雰囲気の中で、あるとき私が最近寅彦全集を読み始めたことや寅彦先生のお嬢様である関弥生さんとお目にかかったことなどを話題にしたところ、たづさんが突然、「寺田先生は私の父の恩師」と言い出されたのである。

小幡先生は終戦の翌々年に五十九歳の若さで亡くなられたのだが、「寺田先生のことが大好きだった」という父上のことを語るときの八十歳を過ぎたたづさんの様子は「娘」そのものだった。

たづさんは「私も寺田先生のお嬢様にお目にかかってみたい」と言われた。関弥生さんにそのことを申し上げると、いつものように快く受けてくださったので、ある日私がたづさんをご案内して田園調布の関さんのお宅を訪問することになった。

その日、初対面の二人の老婦人はにこやかに挨拶を交わされ、たづさんはまず最初に、「父は寺田先生から音響学をやるようにと言われ、おかげで一生幸せな研究生活を送ることができたと感謝しておりました」と言って深く頭を下げられた。戦争直後の混乱の中であっけなく亡くなられた父上のかわりに、これだけは言っておきたかったというふうであった。

私は何だかとても美しい場面に居合わせたような気がした。そして、寅彦先生の師弟の系譜が、そのまま父娘の系譜となって、直接関係のない私までがその様々な恩恵に浴していることを、しみじみと感じたのだった。

（「檞《かしわ》」第三十号八月刊）

一石三鳥ならず

藤《ふじ》原《わら》正《まさ》彦《ひこ》（数学者）

本が増えて困る。十二年前に自宅を建てた時、鋭敏な私は無論この事態を予測して、延べ五十メートルという、大工も驚くほどの長さの本棚をこしらえた。身辺の随筆だけを書いているうちはこれで間に合ったが、資料を読んで書く仕事もするようになってから手に負えなくなった。瞬く間に作りつけは一杯となり、購入した幾つもの書棚も一杯となった。たまった本は不要になり次第捨ててしまえばよいのだろうが、不要かどうかの判定が難しい。いつ何時《なんどき》再び、とつい思ってしまう。そのうえ生来の未練がましさか、一度情をかけた女、いや本を捨てるのは忍びない。そこまで非情薄情にはなれない。

私が子どもの頃、自室の真上が父の書斎だった。溢れる本の重みで私の部屋の天井が垂れ下がっていた。大き目の地震があるたびに、私は本による圧死を避けようと、戦前に作られた頑丈な桜の木の机の下にもぐり込んだものだ。父も武骨のように見えてあれで意外と未練がましかったのかも知れない。父は裏庭に総床面積十坪ほどの書庫を建てることですべてを解決した。

私も書庫を作ればよいのだが肝心の裏庭がない。無論せまい庭先に建てるほど不粋ではない。

新築時に地下室を作り、そこを書庫兼ワインセラーにすればよかったと後悔するがもう遅い。改築には巨費が要る。

書庫がわりにマンションを買うことを思い付いた。そこを書斎に使えば小うるさい女房からも逃げられる。さらに一室あれば、愛人や妾や情婦との優雅な生活も、少なくとも理論的には夢でない、一石三鳥と鋭敏な私は考えた。

愛人を囲うからには魅力的な立地でなければと、まず青山と麻布と広尾を探してみた。建築後五年以内の物件はどれも坪三百万から四百万でとても手の出る範囲でなかった。土地勘のある中央線沿いにしぼることにした。立川まで行っては本は入っても愛人は入ってくれまい。ぎりぎりは三鷹くらいか、と思っている頃に三鷹の新築マンションのチラシが目に入った。モデルルームは一応合格だったが、予算を超えるうえ一切の値引きもないのであきらめた。

都心からもっと離れないとだめか、と落胆していたら二ケ月ほどたって突然電話があった。誰かが解約したので一割も値引くという。千載一遇のチャンスと舞い上がった私は、今度は女房を連れてモデルルームを訪れた。大きな買物には豪華なソファに目の眩む素直な私より、意地悪く観察し冷静冷酷に分析評価する女房の方が頼りになる。女房は「売れ残ったのね」「雰囲気のない地域ね」「あのゴージャスな食器棚は価格に含まれてないわよ」「バスタオルの置き場所もないわ」などとイヤミを連発した後、自宅に溢れる本と粗大ゴミ（私）を思い出したのか、購入に同意した。

それから三ケ月たった。うれしさは半分になっている。自宅から三キロ半という事実が重くのしかかっている。この距離では心ときめく愛の巣はとうてい無理、ということを鋭敏な私はついに洞察したのである。今は書斎に所狭しと積まれた本の間で、永遠に失った愛人を未練がましく思っている。

（「室内」一月号）

ラグナグ国のストラルドブラグ

鈴《すず》木《き》司《し》郎《ろう》
（津健康クリニック管理医師）

最近の医療技術の進歩は誠に目覚ましい。遺伝子治療によって多くの難病の治療が可能となりそうであるし、癌の撲滅もできるかもしれない。また、老化に関わる遺伝子の操作によって老化そのものを遅らせることも考えられているようである。一方、再生医療技術の進歩によって、失われた機能、部分の再生も可能になる見込みがあるし、さらには、精子、卵子や妊娠初期の胚、胎児に種々の操作を行う生殖医療だけではなく、生殖細胞に対する技術的操作によって、人類の改造も可能になるかもしれない。

このような見通しから、「人は〝神の領域〟にまで到達した」という表現が立花隆氏によってなされている。しかし、このような医療の進歩によって人間の寿命の延長が可能になったとしても、それが直ちに人間の幸福に繋がるものかどうかは、疑問のあるところである。

医療の目的は疾病の治癒と健康の保持にあることは当然であるが、これらの技術によって文字どおりの不老不死を目指すとするならば、それは間違った方向であると言わざるを得ない。なぜならば、多細胞生物には必ず個体としての終わりがあるという、生命誕生以来四〇億年に亙る自然の摂理に反すると思うからである。

別の表現をすれば、多細胞生物における老化と死は、発生、成長とセットになった一続きの現象であろうから、その過程を成長の終わった時点で止めて、その後同じ状態を維持しようとすることは、なんと言っても虫のよすぎる話で、将来なんらかの操作によって老化を多少遅らせることはできるかもしれないが、止めることはできないと思う。

遺伝子の病気である癌の発生も成長、老化とリンクしている現象であろうから、老化の進行とともに癌の発生は増加するであろう。しかし、治療対策の進歩によってそれぞれの癌の治癒は可能となるであろうから、もぐら叩きのようになって、同じ個体に異時性の重複癌が増加することになる。事実増加している。結局、癌、難病の治療は可能になったとしても、血管と脳神経を中心とした全身的な老化は進行するとなると、多少の寿命の延長はあったとしても、生命の質の極端に低下した廃人のような人生を迎えるということになりそうである。

このような状況を文章にしたと思われるのが、スウィフトの『ガリヴァ旅行記』の第三篇に記されている、「ラグナグ国のストラルドブラグ（不死人間）」である。


ガリヴァの小人国、大人国渡航記は、子ども向けの読み物ともなって、誰でも知っているが、彼はその後も航海に出かけて、日本近海にあるとされるラグナグ国に辿り着いている。ここで不死の人間が存在することを知らされるのである。

この国では、何万人かに一人の割合で額に赤痣のある子どもが生まれることがある。その子は成長後老化は進行するが不死であることがわかっており、ストラルドブラグと名付けられて、国としての特別の対策の対象となっているというのである。

当初、この話を聞いたガリヴァは、「長寿であり不死であれば、それはなんとも目出度いことで、さぞかし老賢人として尊敬される存在であろう。もし自分がそのような者に生まれついたならば、長期に亙って蓄積した知識と富を使って、世の役に立つことがいくらでもできるであろうに、ほんとうにこの国は素晴らしい」と述べたところ、同国人の反応は異様で、中には失笑を洩らす者もいたのである。そこでよく尋ねてみると、彼の予想とは大いに違った存在であったのである。

ストラルドブラグは不死人間とされているが、なぜこのように呼ばれるようになったかは一切言及されていない。額に赤痣を持って生まれ、三十歳くらいまでは普通に成長するが、その後、痣の色が赤から緑、青、黒と変化するとともに意気消沈しはじめ、それと同時に老化のマイナス面である頑固、意固地、貪欲、気難しさ、自惚れ、物忘れなどが進行し、社会生活が難しくなる。八十歳を過ぎると禁治産者としての取り扱いを受け、以後は国家からわずかな手当てを受けて、一切の面倒を国がみていくことになるのである。

ストラルドブラグ同士が結婚することもあるが、子どもは普通の子どもとして生まれるという。彼らが文字どおり不死であれば、時代とともに少しずつその人数と割合が増加するはずであるが、最終的にどうなるかは記されていない。彼らはすべての人間から忌避され、憎まれており、その結果、一般の人々は長寿を願うことはないという。

以上が、ガリヴァが見聞きした不死人間の有様である。老化のみが進行して死ぬことがない場合の人間の状況が、いかにも諷刺的に表現されている。今後の高齢者医療の結果がすべてこのようになるとは思わないが、たとい寿命の延長はあっても、その期間は健康で、生命の質がよく、社会的にも受け入れられて、生きがいのある生活を送れるものでなければならないということがよくわかる。これからの高齢者医療は、このような方向を目指すものでなければならないだろう。

一方、いくら医療の進歩があったとしても、死が不可避であることを意識するならば、死をどのように迎えるかという問題を避けていては、高齢者の問題は解決した形にはならない。この問題は、医療の目的を疾病の治癒と健康の保持とすると、その範囲を逸脱するものとも思えるが、高齢者医療の現場では多くの倫理的な難問が生じていることは、橋本肇氏の近著からも窺うことができる。

私としては、各個人がどのような死を迎えるかの選択ができるようにしてほしいと思う。選択肢としては、今多くの病院で行われているような各種のチューブに繋がれて死を迎える以外に、尊厳死協会などの活動を通じて積極的な延命治療を行わないという、いわゆる尊厳死の道は開かれているが、それ以上の積極的安楽死については本邦では未だ社会的合意も得られていないし、十分な議論もなされていない。そのほかに、自己の意志が固く、気力、体力も十分であれば、作家の江藤淳氏が選んだような、自裁の道を取ることは誰も止めることはできないはずである。

西部邁氏は、「人間が人間であるということは、精神の働きにその本質があると考えられる。そこで精神の働きが止まった後も人為的に生かされていることには耐えられないので、精神の働きが正常な間に自己の明確な意志をもって、衝動的にではなく、自死をはかるのが最も自分に適当な死の迎え方である」と主張している。

私も氏の意見はよく理解できるし、できればそのようにしたいと思っているが、問題は、自裁の道を選んだつもりが未遂となった場合や、急激に起こった重篤な病で気力・体力がなくなってしまった場合、あるいは、もはや自己の意志と自立した判断を表現し得ない状態となってしまった場合である。このような場合にも、予め示された個人の希望が確認されれば、それが実現されるように他人が手を貸す、積極的安楽死が可能であるとよいと思っている。

本邦でこれが可能となるのはいつのことかわからないが、オランダでは、このことについての社会的合意があり、特定の条件下での自殺幇助が合法化されたところであり、またスイス、アメリカ等でも活発な議論がなされている模様である。

本邦でもこの種の論議がなされることを期待しているが、当面できることとして、事前の指示(Advance directives)を明確にしておくことと、残る期間を健康に過ごすために、毎日の努力を怠らず、定期的な健康チェックも続けるつもりである。何よりも大事なことは自己責任に基づいた自己決定権を尊重するということであろう。

〔参考文献〕

スウィフト、中野好夫・訳：『ガリヴァ旅行記』新潮文庫。

橋本　肇：『高齢者医療の倫理』中央法規、二〇〇〇年。
西部　邁：『国民の道徳』産経新聞社、二〇〇〇年。

（日本医事新報第四〇一七号四月刊）

花のいのちはみじかくて

古《ふる》川《かわ》一《かず》枝《え》
（エッセイスト）

ことしは林芙美子さんの没後五十年にあたる。

私の父、尾崎一雄は、母と林さんの話をするときは「お芙美さん」と言い、文章の中では「林さん」と書いている。母はいつも「林さん」である。子供の頃からそう聞き馴れていた私も、生意気に「林さん」と言ってしまう。

文学的には「林芙美子」または「芙美子」というのが常識だと思うけれど、正面切って林芙美子と呼ぶのは、プライベートな話だとなおのこと私には不自然で落ち着かない。

昭和十九年秋に郷里の小田原へ引っ込むまでは、東京で数多くの引っ越しをした父が、生涯忘れなかった引っ越しがある。檀一雄さんと同居していた上落合の家から下落合へ越したのは、昭和九年九月二十一日、室戸台風の日であった。倒木を除けたり、回り道をしたり、暴風の中、大八車の苦労の引っ越しも、「東京広しといえども、今日引っ越したヤツは我々以外はあるまい」と大いに満足したという。

新居近くに林さんの洋風の家があって、二歳ぐらいの私はよく遊びに行ったそうだ。二、三日行かないと迎えが来る。私が熱を出すと、夜でも林さんが様子を見に来る。銀座で飲んでの帰り円タクを停めて、外出着のまま立ち寄り、眠っている私の頬を舐めたりする。そのうち、「尾崎さんとこは、次が生まれるんだから……」とできれば私を貰いたい様子。子供好きの林さんは、のちに養子を貰った。

当時カメラに凝っていた林さんは、自分のお母さんや私を被写体にして、「令女界」に載せたりした。

戦後の昭和二十四年五月、私が高校二年の時、林さんは小田原のわが家に病気の父を見舞いに来た。その頃にしては上等の、渋いローズ色のウールの服を着た林さんは父の枕元に座っていた。父の顔をのぞき込むようにちょっと横座りになると、首の肉が盛り上がって、衿なしのワンピースが少し窮屈そうに見える。

「一枝ちゃん、小さい時の面影そのまんまね」と言いながら、その場で色紙に書いてくれた。

花のいのちは　みじかくて
苦しきことのみ　多かりき

「無理は駄目ね。長生きしてくださいよ」

姉のような口調で父を励ました林さんだが、二年後の二十六年六月二十九日、過労で急逝した。現在「林芙美子記念館」になっている家で行われた葬儀には、両親といっしょに私も列席した。以前の洋風の家ではなく、竹林に囲まれた和風の家であった。

（「熊本日日新聞」七月三日付夕刊）

一陣の風

高《たか》橋《はし》福《ふく》恵《え》
（主婦）

夜になってもうだるような暑さはおさまらず、思い切り水道の水を出しながら涼をとるような気持ちで、娘といっしょにがちゃがちゃと茶碗の洗い流しをしていた。そのどさくさに紛れるように娘は言い出した。

「お母さん、わたし結婚しようと思う」

「ほんと？」

私はそう言ったまま、手に水を掛け続けていた。そして、いつも冗談ばかり言う娘なので、もう一度ほんとなの？　と聞いてしまった。

「よかったねえ、お父さんもお母さんもどれ程安心するかしれないよう」

それでその人はどういう人、どこの人、歳は幾つなの、とたたみ込むように聞いてしまった。娘は四十歳を過ぎてしまっているのである。

相手は同じ教職の人で六歳若いとのこと。

「それじゃ相手の人に悪いねえ」

「うん、それはあるけど、もう五年もお付き合いをしてきての結論だから」

娘は布巾をきゅっと絞りながら言った。

天にも舞い上がりそうな程嬉しかった。夢を見ているような、地に足がついていないような変な時間が流れた。今夜はこのまま床に入るわけにはいかない。誰に一番先報告しようか。考えることはない。いつも心配してくれている長姉に電話した。

「よかったね、それで丁度いい後妻の所でもあったの？」

あんなに嬉しさで膨らんだ胸が少ししぼんだようなへんな気持ちになってしまった。

やっぱり年齢のことが引っ掛かる。そして世間体が気になる。相手方の両親の気持ちも思ってしまう。

若い時の結婚なら、それなりの家庭を作り上げていくであろうが、それと違って四十歳を越えて、個が確立してしまっているであろう娘が、男と一緒に長く暮らすことの難しさや、家庭と仕事の両立も考えてみたのだろうか。あえて今更……。

いや、あの娘《こ》は人当たりも悪くないし、仕事も手早いから何とか上手くやっていくのではないか……。

親の身勝手な思いが紆余曲折する。夫も同じ思いだったのか、「こんな嬉しいことはないけれど心配もつきないな」とぽつりと言った。

結婚をして子供を持たなければ、世間は一人前の人間として認めないのだからと、娘に幾度となく結婚を勧めてきたが、そんなことないよ、と笑いながら柳に風と受け流し、一向にその気にならず、私は娘の結婚はもう諦めていた。そして教師という好きな職業に専念していくのも、それはそれでいいじゃないかと思い始めて何年も経っていたのだった。

静かな水面《みなも》に石を投げ込まれたようだ。

「明日連れて来るから」と段取りは早く、次の日には、暑いのにワイシャツにネクタイをきちんと締めた彼を連れてきた。「ワイシャツなんて着て来なくてもいいと言ったのに」と娘は照れを隠すように言った。大きな体軀でやさしげな雰囲気の彼は、ひどく恐縮したようにかしこまったまましきりに汗を拭いていた。娘と並んで座ると、何と似合いではないか。口数は少ないが真っ直ぐな心がこちらに伝わってくるような青年だ。今までの心配が嘘のように消えて、ああよかったと安心した気持ちになり私は夫を見た。夫も安堵したような顔で応答していた。娘がお茶の支度で立って会話がとぎれたので、私は、娘が以前に赴任した小さな村の小学校での事を思い出して話した。

二年生の水泳の授業で、プールの水面に縦に張った何本かの綱の下を一本ずつ歩いて潜って反対側まで行かなければならない。「ヨーイドン」で潜って全員がプールサイドへ上がったかと思ったら、気の弱いやっちゃんが一人だけ泣き出しそうな顔で残っている。すると、友達全員で「やっちゃんガンバレ、やっちゃんガンバレ」と、反対側から一生懸命に声援を送った。やっちゃんは意を決したように綱の下を潜り始めてやっと皆の所へ上がることが出来たのだった。やっちゃんは娘に抱き付いて泣き出し、娘はいたいけな子供の頑張りと、子供達のその純粋な友情に、やっちゃんを抱き締めながら、皆に「ありがとう、ありがとう」と言って泣けちゃった、と目に涙を一杯溜めながら私に話してくれた。

話し終わると「教師の仕事は大変ですが、教師でなければ味わえない感動があるからいいんです」と言う時の彼は、それが天性の職業と思われるようないい顔をしていた。

行動的な娘は今までに余暇を利用しては、125ccのバイクに乗ってツーリング、海に行ってサーフィンをやり、山ではハンググライダーに乗り、スキーは言うに及ばず毎年のこと、そして車のトランクにはゴルフバッグも入っていた。四、五年前まではよく外国旅行に行っていたが、最近は行かないなと思ったら、今度は川釣りである。それが彼の趣味だったので、娘の活動行脚もそこでピリオドを打ったようだ。

「こんな娘ですがいいですか」

と私が言うと、

「よく学び、よく遊びですから子供達に人気がありますよ」

と彼は笑いながら言った。なにもかも大きく包み込んでくれそうでまた嬉しくなった。

八月の末に結納、その日の中に入籍、間もなくマンションも見つかり、娘は一陣の風を巻き起こして行ってしまった。

娘に、「いつも身綺麗にしているんだよ」と夫は言い、私は「あちらのお宅へ行く時は必ずエプロンを持って行きなさいよ。体を無理しないでね」としか言う暇がなかった。

晩酌をしながら夫は言った。

「家族が一番多い時は九人だったのが、とうとう二人きりになってしまって……。すみ子は長く居過ぎたから余計悪いなあ」

「口喧嘩しながらあの子とずっと一緒に暮らしていくのだと思っていたから……」

私は、後の言葉が続かなかった。

（「ぬまづ文芸」第28集）

老いるということ

渡辺《わたなべ》淳一《じゅんいち》（作家）

このところ、暇をみては、老人ホームを見てまわっている。理由は一応、老いとはなにか、老いの実態を見るため、とでもしておこうか。

ところでこの老人ホーム、ずっと昔は養老院などといって、人生の敗残者が寄り集っているような印象があったが、最近の老人ホームはそんな陰気なイメージからはほど遠く、明るく清潔で、楽しげでもある。

むろん、なかには常時介護を必要とする特別養護老人ホームと、身のまわりのことは自分でできる人たちが入る軽費老人ホームなどがあるが、総じて体が老いて不自由になると、生きづらくなるのはどこでも同じ。

いまここで述べるのは、身体や精神障害があっても比較的軽い人から、正常な老人まで入っている、軽費老人ホームや、正常な老人が入っているケアハウスの実態についてだけど。

これら老人ホームで共通していえることは、男女比が圧倒的に女性優位なこと。大体三対七から二対八くらいの割合で、お婆さんが多い。

このことは、いま男女の平均寿命がほぼ七歳ほど、女性のほうが長生きであること、さらに結婚するとき、男のほうが平均で四、五歳上だから、夫の死後、老人ホームに入る例などを考えると、女性が多くなるのはごく当然のことだとうなずける。

したがって、ここに一組の夫婦がいたとして、夫が五歳年上だとすると、平均寿命の七歳をくわえて十二年、妻のほうが夫より長生きすることになる。

この事実を知ると、自ずから妻と夫とでは人生の設計図が違ってきて、妻は夫を見ながら、この人が死んだあと、わたしは一人でなお十二年、生きていかなければならない。そのときはどういう生き方をしようか、ということが重要テーマになってくる。

すると、当然のことながら、将来老いたとき、夫より話相手になる女友達のほうが大切になり、一人で十二年も生きねばならないとなると、夫に内緒で秘かにお金を貯めることにもなる。

むろん、これは冗談だけど、いや、かなり本当のことでもあるけれど。

ともかく、老人ホームでは、お爺さんよりお婆さんのほうがはるかに多いのだから、男女の関係でいうと、お爺さんのほうが圧倒的にもてることになる。

数的には二対一から三対一の比率で、お爺さんのほうがもてもて。

したがって、いまもてていない男たちも、将来、老人ホームに行けば、必ずもてるときがくる。

ただしそのためには七十、八十まで生きて、元気であること。この元気で、ということがなによりも重要で、いかに数の上で有利でも、元気でなければなんの意味もない。

かくして老人ホームでは、元気なお爺さんをめぐって、華々しい争奪戦がくり広げられることになる。

一般に三角関係というと、一人の美女をめぐって二人の男が争う図が想像されるが、老人ホームでは、一人の元気なお爺さんをめぐって、二人のお婆さんが争う、という構図がおきやすい。この場合、お婆さん同士は、若い女性に輪をかけて気が強いから、結構、厳しい戦いになり、口争いはもとより、ときには押したり叩いたり、暴力沙汰になることもあるらしい。

お婆さんは、女の地がそのまま残った人たちだから、この戦いは、相当の迫力である。


ところで、老人ホームの経営者のなかには、なかなか理解のある人もいて、わたしが見た豊島園の近くのホームでは、お爺さんとお婆さん、二人が互いに好き合っているとわかると、積極的に同じ部屋に入れて、同衾《どうきん》させるようにしている。

もっとも、同衾といっても、本当にセックスしているかどうかはわからないが、一緒にしてあげると、二人とも肌つやが良くなり、生き生きとしてくるとか。

セックスの有無はともかく、肌を合わせているだけでも効果があるのか。ともかく男と女はいくつになっても、一緒にいるのが自然で、それが健康の素《もと》なのかもしれない。

ところでお婆さんとお爺さんの恋、この場合、女と男の本質的な違いがはっきりとでて、お爺さんに比べてお婆さんのほうが圧倒的に強い。

たとえばお婆さんの場合、好きなお爺さんができると、堂々とお爺さんの部屋にのりこんでいって、いろいろ話しかけたり、世話をやく。さらにはベッドに潜りこみ、ときにはお爺さんに強引に迫ることもあるらしい。

これに較べて、お爺さんは気が弱く意気地がなくて、好きなお婆さんができても、なかなか告白できず、部屋の前をうろうろするだけで、ときにはお婆さんに追い出されることもあるとか。男の気の弱さは、お爺さんになってきわまり、女の気の強さは、お婆さんになってきわまる、というわけ。

いずれにせよ、人間いかに老いても、好き嫌いは厳然としてあり、好きな人には優しく、嫌いな人には冷たく当たる。

この好き嫌い、アルツハイマー氏病に少しかかっていると思われる人でもはっきりしていて、好きな相手は見間違えることはないとか。

愛は、アルツハイマーをも凌ぐ、というわけである。


そこで老いとはなにか。

これまで見てきた例で、わたしなりに感じたことは、「老いとは、かぎりなく純化すること」である。

老いるにつれて、人間は若いときから長年身につけてきた、地位や立場に応じた、それらしさとか、気どりやええ恰好しい、さらには他人と合わせたり、すり寄ったり、そんなもろもろの虚飾をかなぐり捨て、その人間の地そのものに戻ること、といっていいだろう。

老いると子供に戻る、ともいうが、これも同じこと。

子供はなんの気どりも突っ張りもなく、ことさらに自分を飾ることもない、要するに天真爛漫なのだが、老人もそれと同じ、なにごとにもわずらわされることなく、純粋無垢。

だから素晴らしいともいえるし、困るともいえる。

なぜなら、天真爛漫ということは、自己中心的で他人をかえりみず、本能のままに生きることだから。

当然、子供は純真な分だけ、身勝手で他人への思いやりに欠け、場所や立場も考えず、泣きたいときに泣き、食べたいときに食べようとする。

老人もそれと同じ。老人ホームのサンルームなどで、十人の老人が集っていると、十人それぞれ勝手に、ある人はひたすらテレビを見ていて、ある人は黙々と眠り、ある人は次々とお菓子を食べて、またある人は「わたしの杖はどこですか」と、同じことを叫び続ける。

十人十色で勝手なことをしながら、一人として相手に応じたり、合わせることもない。

それは育児室で、十人の子供がそれぞれ勝手気儘に泣いたり、笑ったり、ひたすら乳を飲んでいるのと同じで、老いとともに、人間はかつて生まれたときのままの、子供に戻っていく。

そしてそれとともに、これまで身につけてきた、余計なものをすべて振り捨て、最後は生命体の原点とでもいうべき、本能的なものだけ残していく。

具体的にいうと、食欲と性欲。もっとも後のほうは、異性愛といったほうがいいかもしれないが。

この場合、子供と少し違うところは、この異性愛が残るところで、むろんそのためには、健康でなければならないけれど。

こう見てくると、「色呆け」という言葉が間違いであることがわかってくる。正常で、健康な老人が、最後までもち続けるのは、食欲と異性愛だけ。となると、老いてなお異性を求めるのは、ごく自然のありかたで、呆けなどではない。

したがって、色呆けは呆けではなく、正常の証しで、本当に呆けている老人は、異性などを求めはしない。

いずれにせよ、老いるということは大変なことだが、それは同時に徐々に純化し、長年身につけてきた夾雑物を捨て去ることである。

実際、そうしなければ、人は自然に、思い残すこともなく、穏やかに死ぬことができない。

老いが、穏やかな死に至る行程だとすると、呆けたり、アルツハイマー氏病になることさえ、自然の理に思えてくる。

なぜなら、そういう状態になったとき、人は最も、死に対する恐怖がやわらぐから。

我田引水かもしれないが、老人ホームほど、人間というものを考えさせてくれる場所はなさそうである。

（「オール讀物」二月号）

北京の夏

飯と雑穀

津本《つもと》　陽《よう》
（作家）

私は、食べものに好き嫌いがほとんどない。外国にひと月いるぐらいであれば、日本食をほしいとは思わない。

それに、とりわけて大食とも思わない。旧制中学一年生であった、昭和十六年十二月八日、日本は太平洋戦争（当時は大東亜戦争といった）に突入した。

ちょうど成長期で、食欲が盛んになる時期であったが、授業課目が、体操、教練、武道に重点を置かれ、激しく体を使うようになったので、家に帰るとゲートルと靴をぬがず、しばらく茶の間にぶっ倒れていたのち、手あたりしだいにものを食った。

紀州みかんなら二十個ぐらいは、なんともない。そのあとで夕食をとって、茶碗に四杯ぐらいの飯を食う。

弱い者は死んでしまえと、武道の教師が公言する時代である。早生れの私が、中学二年生のとき、三千メートルの遠泳に参加して合格し、翌日八千メートルの遠泳をおこなって合格証書をもらった。

二日つづきの遠泳をおこない、よく事故がおこらなかったものである。行軍でも八里（三十二キロ）ぐらいは、二年生の頃からやっていた。

三年生になれば、十里（約四十キロ）の夜行軍である。第一中隊第一小隊の先頭だけが砂埃の被害をこうむらないが、うしろをゆく隊列は、濃い砂塵のなかを歩くことになる。現代のようなスニーカーなどはなく、ゴム製編上靴であるため、じきにマメができた。

痛くても歩かねばならない。

夜行軍の場合、午後八時に出発して五里ほど進んだ午前二時頃、疲労が極度に達したように感じる。

そのとき、腰の雑嚢を前にまわし、埃よけに口もとを覆っていたタオルをはずし、弁当の飯を食う。するとふしぎに歩く元気が出た。

私は母のこしらえてくれた巻き鮨をほおばって、一気に力をとりもどしたことを覚えている。

和歌山中学は伝統として鞄を用いない。黒木綿の大風呂敷に、その日に使う教科書、ノートなどすべてを包みこみ、小脇にかかえてゆく。

それはかなり重かった。

しかも、登下校は地区の最上級生が班長になり、下級生を引率して徒歩で登下校する。

放課後の部活動では、私は剣道部であったが、そのまえに、全校生徒が体力別に三隊に分れ、上半身裸でランニングをする。

もっとも体力に劣る者は、一周五百メートルのグラウンドを四周する。中位の者は校外に出て四千メートル、上位の体力の者は六千メートル。

それを毎日おこなったのち、二時間の部活動をして、そのあとで冬であれば投光器に照らされた校庭に集合して、地区毎に整列し、徒歩帰宅する。

私の家までは三キロメートルの距離があった。正課の授業では体操、教練、武道がかならず一時間組みこまれている。

これほど体を動かせば、食欲はとめどもなく湧き出る。

家にいるあいだは、食欲を満たすことに不自由はなかった。主食、調味料などは配給制になっているが、必要なものはどこからか手にはいる。

昭和十九年六月、学徒動員令が施行され、私たち和歌山中学校四、五年生は、明石市の川崎航空機明石工場へゆくことになった。

食料配給は重労働者なみの一日四合であるというので、安心していた。毎日、教室で英語、数学で絞られなくてもいいと、よろこんだくらいである。

明石駅前からトラックに乗せられて運ばれたのは、明石市から北方の三木に通じる県道に面した玉津村にある、玉津寮であった。

和歌山県からは中学校、女学校の生徒が数千人明石工場に配属された。

女学生は工場に近い和坂《かにがさか》にある和坂寮に入った。

玉津寮には、学徒、徴用工をあわせた六千人が収容されるというが、二階建ての寮は新築したばかりの、壁にはラス板を張っただけのバラック建築である。

寮の食堂は、千五百人を収容できる広さで、長い食卓が、レールのようにのびている。その食卓に左右からむかいあい、食事をとる。

和歌山中学第一中隊（五年生）、第二中隊（四年生）四百人は、夕食事の時間がくると、いきおいこんで食堂へいった。

アルミニュームの食器をふたつ持って行列をつくってゆく。

ひとつの食器は、食堂のおっさんが慣れた手つきで、底がいくらか狭くなった柄杓《ひしゃく》のようなもので飯盥《めしだらい》の飯の山から、梯形になった飯を放りこんでくれ、いまひとつの皿に副食物を入れてくれる。

「一日四合の飯にしたら、すくないなあ」

「それにこの色はなんや。煉瓦色や」

「赤飯やろ」

いいつつ食ってみると、飯のうち米粒は二割ほどである。

ほかに大豆、コーリャン、粟、稗《ひえ》、団栗粕《どんぐりかす》、小麦、大麦など、十種類ほどの雑穀がはいっているので、煉瓦のような色に見えたのである。

工場の昼食は、凹凸のある汚ならしいアルミニュームの容器の隅に、洗いのこしたふやけた飯粒が目につく、家では食ったこともない粗食で、やはり雑穀がたくさんまじっており、副食物も実に粗末である。

工場ではB29夜間攻撃機キ―102の製作に、突貫作業をおこなっている。

結構第七という、機体組立工場で、四千人の工員と学徒がはたらく。

全工場の人員は四万人ということであった。結構第七で、検査をパスした飛行機は整備工場にまわされる。整備工場のむこうは広大な飛行場で、テスト・パイロットが試乗したキ—102は、口径五二ミリという巨大な機関砲をとりつけ、実戦配備につく。

工場内のやかましさは、言語に絶した。エアーハンマー、電気ドリル、プレス機械、発動機試運転の物音が暴風のように荒れ狂い、キラキラとかがやくジュラルミンの粉、ラッカーの飛沫《しぶき》が空間を覆っている。

意地のわるい職工の耳もとで、「ばかやろう」とどなっても、全然きこえない。

昼食時間に全機械の騒音がとまると、物忘れしたような静寂に、耳鳴りがした。

午前七時から午後五時まで、立ちっぱなしの作業をして、二キロの県道を軍歌演習をしながら寮に帰る。

夕食はあいかわらずの煉瓦色の飯である。そのうち下痢がはじまった。胃腸が丈夫なはずの私も、下痢がとまらなくなった。

生徒たちは家に食事の惨状を連絡する。米四合の配給などは、嘘っぱちである。

生徒たちの父兄が、心配して食料を持ってくると、教師たちが伝染病予防のためといって全部とりあげ、ご馳走を食ってしまう。

そのうち、五年生の一人が盲腸炎になり、神戸の川崎病院で手術をしたが手遅れで、死んでしまった。

「あいつは死ぬような状態やなかった」

「そうや、教師らの責任や」

抗議の声があがり、教師たちは土曜から日曜にかけ、一泊の帰郷旅行を許さないわけにはゆかなくなった。

家に帰ると、家族が心配した。

「顔が三角になってしもた。これから寮までそおっと食料を持っていくさかい、隠れて食べなあ」

「それは無理や。一部屋に九人もいてる。食料を家から届けてくれへん者に、分けてやらんならん。それに、この暑さやったら、じきに腐ってしまうよ」

八月の暑熱の季節にさしかかっていた。

寮に帰った和中生のうち、五年生の一部が脱走を計画していた。寮食堂はあきらかに食事のピンハネをしていた。

朝五時頃になると、リヤカーを曳いた闇商人が、食堂の裏手に行列をつくり、コックらが飯盥に幾杯とも知れず残した飯を買ってゆくという。

和中第一中隊の級長が、待遇改善を教師に申しこんだが、彼らには工場に抗議する勇気はなかった。

私たちは、ついに九月十日の夜、集団脱走した。戦時中としてはほかに例のない事件であった。憲兵が出るなど大騒動となり、和中隊は札つきであると差別されるようになった。

空腹はすさまじかった。寮を出たところにバラックの飯屋があった。飯を売っておらず、イカナゴという和歌山では見たことのない、カマスの子のような魚を薄くケチャップで染めて、一皿四十銭で売っている。

それを食いに通い、わずかに空腹を埋めたが、米の飯を食いたい。寮のなかで、生徒たちは実家から運んできた飯が腐りかけても洗って食い、蒸し芋が納豆のように糸を引いてきても食った。

誰かがニュースを仕入れてきた。

「玉津村のなかでお粥売ってくれる家あるんやて。朝四時頃にいったら、あるそうや」

夜明けまえにでかけてゆくと、一軒の家のまえに、ドンゴロスと呼ばれる学生服を着た人影が、十人ほど並んでいた。

やがて因業そうな中年の女が顔を出し、ふつうの洋食皿に粥をひとすくいいれてくれた。代金は四十銭であった。四十銭はいまの五百円以上の値打ちがあったと思う。

ひとすすりの薄い粥を一度買いにいっただけでやめた。

寮内では食券偽造がはじまった。赤インクと青インクとを使う食券の偽造は、わりあいたやすくできた。

偽造食券で二食分食うと満腹感がある。一人で四食を腹にいれた大食漢がいた。

やがて、淡路の洲本中学の生徒の使った偽造食券がコックに見つかってしまった。皆はやけになっていた。「十人ほどで、食堂の裏口から窓突きやぶってなかへ入って、飯取ってこうら。コックらは毎朝闇屋に売ってるんや。わいらが取っても盗《ぬす》っ人《と》ていえるか。本来皆に食わすものをピンハネひてるんやないか」

たちまち同志が集まった。

物資不足は烈しくなり、編上げの革靴は、米軍が本土上陸してきたときにはくつもりで、皆は和坂の雑貨屋で売っている藁草履《わらぞうり》を買い、いつもはそれをはいていた。

食堂襲撃の同志の一人がいった。

「俺、大《お》っきな風呂敷持ってるで」

彼が押入れから取りだしてきた大風呂敷は、革靴を包んだもので、はたくと砂埃が立った。

「汚ないけど、まあええか。土食うても、死なんやろ。今夜は肉飯やさかい、日を変えるわけにいかん」

肉飯には雑穀が入っていない。七分づきの米と牛肉だけである。

誰かが呻くようにいった。

「米の飯、食いたい」

夜が更けてから、生徒たちは食堂の裏手へむかった。

先頭に立つ一人は、錐《きり》を手にしていた。

「かかってきくさったら、これで突き殴っちゃるんや」

彼は裏口のガラスを、錐でひと突きに割り、手を入れてかけがねをはずした。

食堂の台所には、山盛りの肉飯を入れた、直径一メートルほどの盥が、七つか八つ置かれていた。

台所脇の部屋には、コックや女の従業員が二十人ほど寝ているはずであるが、何の物音も立てない。

生徒たちは、大風呂敷のなかへ肉飯をかきこみ、ほかの盥を床へ引っくり返し、帰ってきた。食堂襲撃は二度とできなかったが、いくらか溜飲のさがった事件であった。

いま考えてみれば、なぜ米の飯をあれほど食べたかったのか、ふしぎである。寮の周囲はトマトや芋の畑で、人手不足なのか、熟したトマトがいっぱい枝にぶらさがっていたが、一個も食べた記憶がない。


（「小説宝石」三月号、光文社刊『わが人生に定年なし』所収）

ねずみに水

児《こ》玉《だま》和《かず》子《こ》
（エッセイスト）

私の生き字引き

軽々しく人の生死を決めてはいけない。

生殺与奪の権利など誰にもないことは百も承知しているのに、人もあろうに私は、平山郁夫画伯を鬼籍に入れてしまった。

いつものメンバー五人で、雑談していたとき、たまたま平山画伯のシルクロードスケッチに話が及んだ。

「平山画伯のスケッチは、大好きだったのに、惜しい人を亡くしたわね」

私の一言は皆を驚かせ、存命説のなかで私は四面楚歌、孤軍奮戦ということになった。

この種の解答は、辞書で調べるわけにはいかない。私たちはこんなとき、いつも、「では賭けましょう」となり、その場のけりがつく。そして大方の場合、そのまま立ち消えるが、私はこうしたことを曖昧にして置けない質《たち》なので、翌日ＮＨＫに電話をした。

ＮＨＫ関係者に聞かれたらお叱りを受けそうだが、辞書で調べようのないこの種のものは、「つかぬことを伺いますが……」の前置きでＮＨＫにお尋ねすることにしている。もう何回も利用させていただいているので、手順にもなれている。

はじめに電話に出て下さった人には、「つかぬことを……」などとは言わない。

たとえばこの場合、

「平山画伯のことで、お尋ねしたいのですが……」

と、恐縮しながら言う。すると、

「では、美術部に廻します」

などと言ってくれる。美術部につながれたとき初めて「つかぬことを伺いますが」と、本題にうつる。こうした死語を用いることで、老女への寛恕《かんじょ》を期待する気持ちが無意識に働くのだろうか。

ともあれ、このとき電話に出て下さった美術部の男性は、私の質問に、驚きをかくさず言った。

「えっ！　平山画伯はご健在と思いますが」

ここで私は、己が非常識の粉飾をした。

「私もそう思いますが、確かめたかったものですから」

「本かなにかにお書きになるのですか？」

「はあ、まあ……」いきがかり上、私は、作家になってしまった。

「すこしお待ち下さい」

送話口に手を当てたのだろうか、水の底からといった声がかすかに聞こえる。やがて声が戻った。

「もしもし、お待たせしました。この部屋にスタッフが四人いますが、全員、平山画伯はご健在と言っています。画伯は平成七年まで芸大学長でしたから、あそこでお聞きになるのがいちばん確実と思いますが……」

おだやかな声、快いトーン、なにより誠実な応対。忙しい人を、こんなことで煩わせてはいけなかったという反省の裏で、「生き字引き」としてのNHKの存在が有難かった。

そして平山画伯のご健在が嬉しかった。

私の「平山画伯故人説」は、いつぞやテレビで、画伯のシルクロードスケッチ風景が上映されたとき、夫人が、「私は、すぐ減ってしまう平山の鉛筆を削って、何時間でも付き添っておりました」と言われたことに、感銘を受けた記憶があり、ほどなく東山魁夷画伯の訃が報じられたことで、錯覚したらしい。

お二方とも画壇の双璧ということが、私を混乱させたようである。

罪滅ぼしとお詫びのつもりで書き添えるのだが、生存中に故人と間違えられた人は長生きという言い伝え、信じてよさそうである。

甲斐犬

いつも通る裏通りに、昔からの犬屋さんがある。依怙地《いこじ》でペット・ショップと言わないのではない。犬屋さんとしか言いようのない犬屋さんで、庇に掲げた看板には「犬・猫」とあるが、猫の姿は見当たらず、ドッグ・フードもキャット・フードも並べてない。

一人暮らしになって以来、犬好きの友人から再三、犬を飼えとすすめられ、犬礼賛を幾度、聞かされたことだろう。犬が苦手の私はおいそれと洗脳されるわけにはいかないが、幾分は犬に関心が湧いた。

その日、いつもは素通りするこの店の前で足を止め、なかをのぞいた。入口近くに二段重ねの鉄の檻があり、上段に真っ黒い仔犬が四、五匹入れられ、「甲斐犬入荷しました」と、貼り紙があった。

甲斐犬は獰猛《どうもう》で怖いと、偏見を持っていたが、仔犬はなぜこんなに可愛いのだろう。私は思わず檻に近寄って、仔犬たちの戯れあうあどけない姿に見入った。

店の奥から、大柄なあるじらしい女の人が出てきて、私の身長を目測するかのように、ゆっくり首を上下させた。そして、

「甲斐犬ですか、無理と思いますよ」

と言った。私は買うつもりもないのに仔犬を眺めて楽しんだうしろめたさから、

「やっぱり日本犬はいいですね」

と、返事にもならないことを、おもねるように言った。

女あるじはそれには答えず、黙って仔犬を指さし、ついで下の檻を指さし、「これが、こうなるのよ」と無愛想に言った。

気がつかなかったが、下の檻には、一と癖も二た癖もありそうな面構《つらがま》えの大きな犬が、フテくされたように寝そべっていて、薄目をあけて私を見ると、「チェッ！」といった感じでまた目を閉じた。

なるほど。女あるじが私の身長を目測するはずだ。これでは、チビの私は引きずられてしまう。女あるじは、

「この間、奥さんぐらいの人が仔犬を買いに来たけど、断ったの。五十何歳の一人暮らしで、犬が大きくなったら面倒見られるわけがないでしょ」

と、言った。私への忠告だ。

私が、五十何歳なんてとうの昔に過ぎたことも、犬が苦手のことも、買う気のないことも、すべてお見通しなのだ。

もしや一人暮らしのことまでも……。

私は急に、場違いのところに迷い込んだ居心地の悪さを感じて、早々に店を出た。

入るときには気づかなかったが、表のガラス戸の隅に、「甲斐犬愛好会」と書かれた古ぼけた板が下がっていた。

私ごとき者の立ち寄るところではなかったと反省しながら歩いていると、あの甲斐犬の声が聞こえてきた。

「お前さんに、甲斐犬は無理さ」

悔しいけれど「ハハッ！　ご説ごもっともで……」と平伏する自分の姿が思い浮かぶ。

ねずみに水

小学四年生の孫娘は、なぞなぞ遊びに興味をもち、たえず姉妹や友人に出題して楽しんでいる。「なぞなぞ問題集」なるものも自費購入して、つねにいくつかの問題をストックしている。先日遊びにきたときも早速、

「おばあちゃま問題。答は簡単よ」

と、私を安心させた上で、

「一たす一の答はなんでしょう」

何か裏のありそうな、大人に対して失礼な問題である。とはいっても「二」としか答えようがない。仕方なく「二」と答えた。

孫娘は、待ってましたとばかりに「ブー」と言った。不正解の合図である。正解のときには「ピンポン」と言うルールは、子供たちのあいだに定着したテレビの模倣である。

孫娘は、教師が落ちこぼれ生徒をさとすがごとく、ゆっくりと教えてくれた。

「その答は『簡単』。はじめにちゃんと教えてあげたでしょ。『答は簡単』って」

ばからしいとも、悔しいとも、言いようがない。してやられたというのが実感である。

この孫娘、近ごろ、格言、諺にも興味をしめし、機会をとらえては使用におよぶ。おおむね適切と思えるので、祖母としては目尻を下げていたが、先日「寝耳に水」と言うべきところを「ねずみに水」と言った。

落ちこぼれ祖母は、そしらぬ顔でその意味をたずねると、孫娘は大まじめに、

「ねずみに水をかけたら驚くでしょ。急にびっくりすることなの」

と、優しく教えてくれた。

私は訂正すべきか否かに迷ったが、そのままにした。孫娘はそのうちまた、小遣いをはたいて「諺、格言集」を買うかもしれない。そして、この誤りに気づいたとき、格言、諺に、もっと興味をそそられる気がする。

婆々《ばあば》は一たす一の問題に戸惑いはしても、深謀遠慮をもって孫を見守る「老人力」があるのだ。

孫よ、まいったか。


（「暮しの手帖」十二月、一月号）

戦争と「続き部屋」のある家

東《とう》郷《ごう》裕《ゆう》子《こ》
（大阪文学学校通信生）

夏休みも、残りあと三日だった。

普段から余り丈夫ではなかった母が、寝込んだと思ったら、あっという間に逝った。じりじりと太陽が照りつけ、油蟬がうるさく鳴いていた。大姉《おおねえ》が二十三歳、聴力障害のある中姉《ちゅうねえ》十八歳。そして私は中学一年、弟は小学三年生だった。

「明日からの生活は一体どうなるのだろう」

十三歳の私が、そのとき思ったことだ。

「これからお小遣いは、誰がくれるのか」

随分経ってから聞いたら、三歳下の弟はそう思ったと白状した。

母が亡くなって何年間かは、

「ほら、お母さんのいない子はやっぱり」

などと、言われないように、父が近所のおばさんたちに、笑われないようにと、それまでは優しかった大姉が、急に口やかましくなり、毎日いろいろと私たちに注意をした。私も子供ながらに気を遣い、母を思っているゆとりなどなかった。今、思うと毎日姉妹で、健気によく家事をこなしたと思う。背伸びをし突っ張って生きて来た。ほっと息をつき気がついたら、四十六歳で逝った母より十数年も長生きをしていた。

このごろ夢の中の母と、よく世間話をする。

横浜の、保土ヶ谷区峰小学校の裏にあった私の家は、後に川崎、横浜空襲と命名された一九四五年四月十五日の空襲で全焼した。横浜一斉空襲より十四日早かった。

母の胎内にはそのとき九か月の弟がいた。焼夷弾の炸裂する中を三歳の私をおぶい、その上から水に浸した布団を被った母は、峰岡の山の上にあった友人の家に逃げたそうだ。

翌日、一緒に逃げてはぐれてしまっていた、十三歳の大姉と、しっかり手をつないだ中姉が、かねて打ち合わせてあったその友人の家に姿を現したとき、二人のことを諦めていた母は、気が狂ったように大声を放って泣いたという。

戦火の中を、臨月に近い体で逃げまどうのは、どんなに困難であったか、よく生き延びて来られたものと、歳のせいかこのごろの私はしみじみ思う。

雲一つなく真っ青に晴れ渡った空から、銀色の細長いアルミホイルのようなものが、お日様の日差しを浴びながら、キラキラ、ヒラヒラとたくさん降ってきて、遊んでいた子供たちがみんなで何だろうと大騒ぎになった。大人が絶対に拾ったり触ったらいけないと子供達を叱りつけ、大急ぎで皆を家に帰した。

その日の夜、高台にある真っ暗な庭で、避難先のお姉さんから冷たい薩摩芋を貰って食べた。

遠くに夜目にも、はっきりとした富士山が見えた。下の方の街並みが、不気味なえんじ色に染まり長い帯のように、くねくねと曲がって見えていたことなどが、当時、三歳だった私のかすかな記憶として残っている。しかし一番恐かったはずの、逃げ惑う母の背中に、おぶわれていたことなどは、何一つ覚えていない。

母は、大姉に耳の聞こえない中姉を託した事を、いつまでもとても気に病んでいた。二人が無事に自分の元に帰ったとき、十三歳の大姉をどれだけ頼もしく思ったことか。母は、

「お姉ちゃんはやっぱりすごい。偉かったね」

と、大層褒めたという。しかし、日が経つにつれ、日ごろよく言い聞かせ、頼んでおいた事とはいえ、自分が庇えなかったうえに、障害者の妹の面倒を見させた事を、何回も大姉に謝ったそうだ。

でも、後になって聞くと、最初一緒に逃げていた母を見失ってしまった大姉は、鼓膜が破けそうな焼夷弾の轟音と、きつい火薬油の臭いで息が詰まりそうになり、何回も足が竦んでしまった。そんなとき耳の聴こえない五歳年下の妹が、強く手を引っ張って姉をリードしたという。大姉は我に返り、逃げる勇気を出すことが出来たと母に話したそうだ。音が聞こえない分、怖さも半減したのだろうか、と母が中姉に恐ろしくはなかったのかと聞くと、

「ううん、私はしっかりしているのよ」

と、涼しい顔をして答えたそうだ。

ずっと気になっていたあの日の、銀色の奇麗だったアルミホイルのようなものは、日本に暗号

を傍受されないように、アメリカ軍が撒いた電波妨害用の「ジャムミング」というものだと、元産経新聞記者の金田浩一呂氏から、つい最近教えられた。材質もアルミホイルそのものだったと言う。

幼い私を相手に、母は焼けてしまった家の話をよくした。

「父さんと二人で一生懸命働いて、建てた家だったんだよ」

「障子を開けるとお部屋、襖を開けるとまた次のお部屋。広々として気持ちのいい家だったのにねえ……」

疎開先で苦労をした母にとって、家への執着はかなりのものだったのだろう。度重なるそんな繰り言に、小学生になっていた私は、もう、うんざりしていた。

「はい、はい。三つも四つも部屋が続いた家ね。そんなもの私が大きくなったら建ててあげるよ」

「本当? 母さん生きる張り合いが出て来た」

母は、はじけそうな笑顔で指切りをせがんだ。

「指切りげんまん嘘ついたら、針千本飲うます」

十二歳の夏の日の約束だった。

その日からわずか一年で母が逝ってしまうなんて……。

葬儀の日に、弟はたくさんの親戚が集まり、お小遣いもたんまりもらえて、母のいなくなった寂しさをいっとき忘れていたのか、笑顔で位牌を持っていた。

「親戚の人たちが帰ってしまうと、悲しくなるのにね。あの子はまだ実感がないんだよ」

参列者のひそひそ話が私の耳に入った。涙を拭きながら絶対に弟を守ってみせると、この時、私は密かに誓った。


母がもっと長生きをしてくれていたら良かったのにと思う。今なら、好きだった映画や観劇にも一緒に行けて、好物だった和菓子や、極上のお豆腐を、たらふく食べることができるのに。

何回かの増改築の度に襖や障子は、張り替えが面倒だとも思いながら、

「広々と開け放した気持ちのいい部屋だったんだよ」

という母の言葉を思い出しては、間仕切りの壁をつけるのを見送ってきた。

こぢんまりとした家にしか住めなくて、幼いころ夢見たほどの大きな家を持つことはできなかったけれど、

「とりあえず針千本は飲まないですみそうね」

微笑みを浮かべた写真の母に、そう言って私は呼びかける。


（「樹林」九月号）

随想『々』の話。

新《あら》谷《や》一《いち》道《どう》
（行政書士）

毎々格別の御高配にあずかり……云々とか、このほど佐々木様、野々村様ほか多数の方々の御提案がございまして……とか、わが家に女児誕生・奈々と命名いたしましたなどと使われている『々』を何と読むんでしょうかと聞かれてドキッとしました。

わたくしたち行政書士は、毎日文字を使って仕事をしていますが『々』を声を出して表現する必要がなかったからです。

即答はできませんでしたが、行政書士の面目を保つためにも調べて御返事することにして、他の仕事は放りだして三日ほど『々』の調査にかかりきりになりました。

まず、わが事務所の中日大辞典と新漢和辞典には『々』をみつけだすことができませんでした。次に印刷屋さんで写植に従事しておられる方々がなんと呼んでおられるかを尋ねましたところ、ノマとかノマテンという返事がありました。たしかに、『々』はノの字とマの字の組あわせです。新知識を得て、ワープロで『々』の字を出す時の手段をしらべましたところ、やはり「のま」と打って漢字変換で表示している方々が多いことがわかりました。

もっとも機械によって差があって、一太郎8をお使いの方は「うんぬん」を打ってから「云々」の「云」を消しておられました。

かな漢字変換プログラムでは「どう」の読みで変換して「々」を出し、Ｍａｃのことえりでは「じおくり」を打って変換する方法をとっておられるようです。また、ＷＩＮ98は「どう」で変換できるようです。

また、あたらしく、覚えやすい読みを設定して単語登録しておられる頭のよい先生もおられました。

こうして多数の方々の御協力を得た結果『々』はわが国では、ノマ、ノマテン、たたみ字、おどり字、くりかえし記号、同の字点、じおくり、送り字、重ね字などとも呼ばれていることが判明いたしました。

ここで呼ばれていると書いて、読まれていると書かなかったのは、『々』には固有の読みがないのです。佐々木ではサですし、野々村ではノです。人々ではビトですし、山々ではヤマになるという具合ですから文字の部類には入れてないのでした。

しからば何かといいますと、句読点や括弧と同様に記述記号の一種として扱われているのです。読み方がないのだから漢和辞典にのってないわけですねとおっしゃって下さった方と、「々」は日本語表記に繁用されているから漢和辞典に収録されていますが、部首のどこに入れるかは出版社によって差があります。大修館の漢語林ではノの部にありますと教えて下さった方がありました。早速、一九八七年版の漢語林（鎌田正他著、定価八五〇〇円）を買ってしらべましたがノの部にはありませんでした。広辞苑第五版には、おどり字（踊り字）で同の字点がありました。

法令の面では一九四六年文部省国語調査室作成の「くりかえし符号の使い方」（おどり字法）があり、戸籍法施行規則第六十条で人の名に使える字は、ひらがな、かたかな、常用漢字、人名漢字とされているが一九八一年法務省民二第五五三六号通達によって、直上の音を延引する場合に用いる「ー」、同音の繰り返しに用いる「ゝゞ」、同字の繰返しに用いる「々」は名前に使えることになっていました。

JIS規格（JISX0208）は一九九七年の改正で「々」に、おなじ、くりかえし、ノマという新しいよびなが与えられています。

以上の調査結果から、わたくしは『々』という記号を同の字点、くりかえし記号ノマと呼びたいと思います。もっとも印刷屋さんに広く使われているというノマテンという呼び名にもすてがたいものがあります。スマートな呼び名を作ることにも賛成します。

御意見・御希望、御叱正をおまちしています。


（「行政かながわ」一月号）

見当識

吉《よし》川《かわ》道《みち》子《こ》
（主婦）

壁にある絵を取り外すと、あとの思わぬ白い広さにかえって無い絵と向き合ってしまうと思うことがある。

私は身近な人を失うとよくこのように思った。

亡くなった父は地方の小都市で開業していたが、外科医としての信頼か人柄か実に忙しい病院であった。

庭を隔てた住いの方に、廊下を走る看護婦の足音、病室に運ぶ給食の音など病院の日々の音が波動のようにいつも伝わってきていた。

夜遅くまで手術室が明るい。ガラス越しに動く白衣姿が数人見える。やがて手術を終えた父が庭を通って帰ってくると、母や誰彼集まってきて「お父さん、お疲れさま。大変でしたね」「やあ、ちょっとこみいった手術でね」父とのそんなやりとりがあって居間は寛ぎの場所となる。

父が社会的に働く志の強かったのを見るのはこういう時であった。今の手術のこと、仕事の話を熱く語りまた若かった私たち姉妹もはずんで応え、話は広がり失恋の話、友人の話、見聞きしたことなど夜遅くまで賑やかなものであった。

そんなある時、父がこんな話をしたことがある。

「患者さんが亡くなる前に、こう何かを手繰り寄せるような仕草をすることがあるね」

と両手を伸ばして緩やかに空《くう》を掻いた。


忙しく元気であった父に七十歳半ばの頃、体調の崩れが出た。北海道旅行からの帰り池田の私の家に立ち寄った時のことなので、旅の疲れかとも思われたが検査を受けた結果、それは胃癌であり、それも初期のものでなくすでに鶏卵大の腫瘍が認められたのであった。

多くの癌の診断、手術をしてきた父である。検査の結果を粉飾のしようもない。どう話すか、弟、姉妹、その夫たちが話し合った。外科医の弟も来たし癌専門医の義弟も加わった。結局、父に話す難しく辛い役を義兄が受け持ちレントゲン写真を見せながら正確に話してくれた。

あとで聞くと父はその時こう言ったそうである。

「そのまま自分に聞かせて欲しい、だが、ちか(母の名)や娘たちには伏せておいて貰いたい、悲しむだろうから」

数日後、父は夫に付き添われ伊丹空港から岩国へ帰っていった。機影が厚い雲の中に消え、見送って池田の家に帰った私は家の柱に身体をぶっつけ初めて泣いた。

数年後、入院のあと重篤になった父に病室で付き添っている妹が電話で報せてきた。「父さんが変よ、手を伸ばして何か招くようにされるのよ」

父が話してもいた末期の患者さんに見た様子ではないか。受話器を握って身を硬くした。（父さん、駄目、その招きに応じては駄目）父を幽鬼に渡してなるものか、そして逆らうことの叶わない大きなうねりが近づくのに脅えた。

八十六歳、桜花充ちる春、父、死去。

その父への告知を受け持ってくれた義兄《あに》が一昨年、亡くなった。

仕事で遅くなる姉の代りに義兄の病室に私もよく通った。ベッドにソファーを並べ横になって付き添うこともあった。

病室の西窓からビルの間に夕焼けが見える。暮れなずむ海に落ちてゆく夕陽は、沈みきる前に今日一日の果てを見据えるように大きく低く留まって動かない。

（夕焼け、きれいね）（うーん、この病室が一番眺めがいいんだよ）

義兄はほぼ三十年くらい前、単純な鼻出血の処置で大量の輸血を受けた。その後、肝炎、肝硬変と確実に進行していった。何度かの入退院をくり返した義兄も血液に取りくむ医者であったから厳しい自分の病状は誰よりも明確に認識をしている。

「心臓の動脈が狭窄しているからバイパスしかないがそれも難しいなあ」

自分のレントゲン写真を手に持って患者自身がまわりの家族に説明をしていた。そして今回のである。入院は恐らくは退院にとつながらないのではないか、誰もが息をひそめるように懼《おそ》れていたことである。

義兄は同僚でもある主治医に「自分の病状はターミナルステージと思えるので治療はもう止めて欲しい」と申し出た。

夕陽はまだ点灯していない病室に翳りを入れている。

みんな分っているのだ、今から厳しいことが起り始めるということを——すでに腹水の溜まり始めた義兄は腹部から脚まで浮腫がきていた。

苦しくないの？　と訝るほど静かで時には笑みさえ浮かべながら話す。義兄と私と二人だけの時であった。

——自分の葬式はしないこと

みんなに迷惑をかけるからね、ただ、福井の納骨の時は妹たちも来るだろうね。

——お墓に戒名は要らないこと

名前だけがいい。森鷗外のようなお墓がいい。鷗外のお墓は森林太郎墓とあるだけだよ。

淡々とまるで事務連絡の受け渡しのようであった。

大学時代の友人のこと、司馬遼太郎が大切にした主治医であった友人のエピソード。方丈記の話、著者である鴨長明を私が思い出したことを賞めたりした。大きな命の流れは留まることなく、やがていつか、私もその流れに身を委ねることを素直に頷き合うように話し合ったあの平安と静謐は重い病の枕許で何であったのだろう。慎しみのこの時、無意味な励ましはもう侵すことであった。

数日後のこと、ベッドの義兄が半身を起し手を伸ばして泳ぐ仕草をする。

「慶兄さん、どうなさったの？」

「新聞がね、新聞が逃げていくんだ」と言い、ちょっと間をおいて、

「けんとうしきだよ」

少しはにかむように言った。

「けんとうしき？」。尋ねる私に、

「見当を付けるの見当、意識の識」とはっきり言った。


父も話していた。そしてその父が末期に見せたあの仕草ではないか、私は息を止めて身構えた。数日前ではないか、義兄が味わい深い随想を語り私も深く共感したその義兄が、現身《うつしみ》の光の中から窺い知ることも出来ない冥《くら》い幽《かす》かな未知の、慎しみ立ち入れない世界に半身を移した時であった。


こうして義兄は亡くなった。話し遺したように娘たちが集めた野草に包まれ戒名もなかったが、伝え聞いた病院関係の方々が集って下さり結果としては大勢のお見送りを頂くことになってしまった。

従容と死に就いた武人の姿を思わせるものであった。

すべてを済ませたあと、私は夫に見当識の様子を伝えた。親友でもあり、義弟にもなった夫は言った。

「本当に吉岡、そう言ったのか？」

夫は義兄のことを医学部の友人の時のまま、終生、こう呼んだ。

「そう、その時、慶兄さん、見当識の字まで教えてくれたもの」

（すごいなあ、吉岡――）

夫は呻くようにこう言った。見当識とは医学用語で見当障害と言い、意識のレベルのことで「判断出来る」状態の意味に使うと説明してくれた。

義兄は自身の極限の症状を医師として判断、認識していたことになる。夫はそれを（すごいなあ）と敬意をこめてこう言ったのであった。

父も義兄も去って逝った。その後姿は鮮明である。壁から絵を外した後の空間はいつまでも埋めようがない。

（「大阪エッセー」第三十号九月刊）

『天動説』で動いている時計

浅田《あさだ》孝彦《たかひこ》
（テレビ朝日社友）

チェコの首都プラハ。度重なる戦禍に翻弄されてきたにもかかわらず、今なお中世ヨーロッパのたたずまいを伝えている街である。

この街は六世紀後半、スラブ民族が集落と城砦を築いたのが起源とされているが、最も栄えたのが、一三五五年に神聖ローマ帝国の皇帝として戴冠したボヘミア王・カレル四世の時代である。王は中欧で最初の大学を設立し、また町の中央を分断して流れるヴルタヴァ川に長い石橋を完成させた。カレル橋と呼ばれるその橋は、今も西の王宮の丘と東の旧市街を結んでいる。治世の末期（一三七八年）には市の人口が四万人を超え、中欧最大の都市になったという。

今年（二〇〇一年）の五月の末に私が再びこの古都を訪れたのも、この荘厳な中世の中にもう一度身を置いてみたかったからである。

カレル四世が大増築を行なった城内の聖ヴィート大聖堂は、九七メートルもある緑の尖塔を青空につき立て、堂内を妖しく彩る、アルフォンス・ミュシャたちが製作した大ステンドグラスも、二年前と全く変ってはいなかった。聖ヤン・ネポムツキーの墓も、薄暗い堂内で鈍い銀色に輝いていた。二トンの銀を使って一七三六年に完成した彫像墓である。

大聖堂の前に建つ王宮に入ったのは今度が初めてだったが、三階のすべてを占めるヴラジスラフ広間は中世末期のゴシック建築の華といわれ、ここで馬上試合も催されていたという。

城の東北の一角にある『黄金の小路』は、錬金術師の溜りであったのでこの名がつけられたというが、カフカが創作に没頭していたという二二番地の小さな小屋も、薄水色の当時のまま軒を連ねた中にある。開かれた緑色の扉の中で、中年の女性が古い写真などの骨董品を並べて売っていた。

王宮の丘を東に抜けて坂を下り、聖ミクラーシュ教会の塔を右手に眺めながらカレル橋に行く。全長が五一六メートルもあるこの石橋の欄干には、左右にそれぞれ一五体の聖人像が立っている。一六八三年、最初に据えられた聖ヤン・ネポムツキーの像だけがブロンズで、あとは石像。銅像の台座に触れると幸運が訪れると伝えられ、その二面のレリーフの中央だけが金色に輝いている。この前訪ねてきた時に背伸びをして私も撫でたが、こうして再び来られたのもその願いが叶えられたのだろう。

一九七四年以来歩行者の専用橋になっており、この日もお土産を売る露店が並び、似顔絵を描いてもらう観光客や、楽隊の演奏で賑わっていた。前に開いて置いてある楽器のケースの中に五〇コルナ(約一五〇円)のお札を入れてあげると、トランペットの楽士がにっこりと笑って、プワーと一吹きしてくれた。

お昼近いので、旧市街側に渡りきった河畔にあるレストランに入る。穴蔵のようなこの店は、橋と同年代に造られた倉庫を改造したようで、赤いローソクのローが数十センチの厚さで壁にこびりついていた。

旧市庁舎の壁面にある『天文時計』が次に時を知らせるのは一時なので、食事も程々にして、曲りくねった狭い道を旧市街広場に急ぐ。着いたのは五分前だったが、大時計の下にはもう観光客が集まりはじめていた。三階の高さにあるので、どこからでもよく見える。

この市庁舎は一四世紀の建物を増築したもので、第二次大戦の折に爆撃で破壊されたものの、この時計のある塔は一四世紀の姿がそのまま保たれているという。

直径がそれぞれ数メートルもあるこの『天文時計』は、上下に二つ並んでいる。上は二本の針の先に太陽と月があり、それがゆっくり回って時を刻んでいるらしい。下は獣の十二宮の周りに四季の作業を円の中に描いてあり、こちらには針がない。文字盤が一日に一目盛動いて、一年で一回転する仕組みのようだ。

正一時、鐘が鳴り始めた。よく見ると、上の時計の右に立っている骸骨が命を与えられたように紐を引っぱっている。右手を下げる度に鐘が響く。すると、時計の上に並んでいる二つの窓が開いて十二使徒が次々と姿を現した。やがて一番上の小窓から金色の鶏が顔を出すと、死神の動きが止り、鐘も鳴りやむ。この間、たったの一分間。だがそこには中世が生き続けていた。

黙って見上げていた観衆は、もうこれで終りかという面持ちで散り始めた。ミュンヘンのマリーエン広場にあるからくり時計とは比較にならない単純さではあるが、一時間毎にこれを繰り返しているのだ。

現在ならこの塔の上部にある普通の時計で時刻は分るが、当時の人はこの『天文時計』で何を読みとっていたのだろうか。

これといった答も浮かばぬまま、横に広がる旧市街広場をぶらつく。一一世紀から栄えたプラハの心臓部である。

正面に二本の塔がそそり立つティーン教会が見える。一一五三年に創建された教会で、作曲家スメタナの葬儀が行われたところでもある。広場の中央に立つヤン・フスの記念像の周りにはお土産を並べたてたにわか造りの移動小屋が並んでいて、可愛い男の子が母親に民族衣装のあやつり人形をねだっていた。その左向うに見えるのが、一二世紀に創建されたという聖ミクラーシュ教会である。

歩き疲れたので一休みしようと、広場の石畳の一隅に大きなパラソルを並べたパーラーを覗いてみる。さて、どこに坐ろうかと迷っていると、独りでコーラを飲んでいたコールマン髭の老紳士が、一緒にどうかねと声をかけてくれた。こんなことは滅多にないので、好意に甘えて隣りに坐り、私もコーラを注文する。

いささかなりと英語が喋れることが分ったからであろう、日本から来たのかという月並みの質問に続いて、このプラハがいかに美しく、素晴らしい街であるかを語ってくれた。だから彼もこうして、時々訪ねているのだという。

旨そうにパイプをふかし始めた彼に、さっきから気になっていた『天文時計』のことを訊ねてみた。何と説明したらよいのかと暫く考えていたようだが、フーッと煙りを吐き出すと、こんな答えが返ってきた。

「いい質問だ。だが一口で説明しろと言われたって無理だよ。なにしろ、地球の周りを太陽が回っていた時に作られた時計だからな」

「え？」

「正確な記録は残っちゃあいないが、一四九〇年頃に取りつけられたらしい。だから、動いているのは太陽と月で、針の軸になっている地球は今でも動いていない」

つまり『天動説』によって設計された時計だというのだ。

私はほんの数日前に訪ねたばかりのポーランドのクラクフで、コペルニクスが学んだヤギェウオ大学を見学した時のことを思い出した。そこには彼が使った天測器械や天球儀が展示されていた。彼が『地動説』を印刷物として発表したのは、亡くなる寸前の一五四三年だった筈だ。とすると、この『天文時計』が作られたのは『天動説』がまだ当然のことと信じられていた時代である。その仕掛けがどうなっているのか、簡単に解ろう筈もない。「いまの時計は一九四八年から、電気で動いているけどね。それに文字盤も補修されて奇麗になってる」

老人は楽しそうにそうつけ加えたが、動くメカニズムが変った訳ではない。つまりこの時計は『天動説』によって五百年もの間、正確に時を刻み続けてきたのだ。

私は改めてこのプラハという町の奥深さを噛みしめた。こんな魅力がこうして私を再び呼び寄せたのであろう。

急に陽が翳って雲行きが怪しくなってきた。降り出す前にモーツアルトが歌劇『ドン・ジョバンニ』を初演したエステート劇場を探さなくては……。
老紳士にお礼を言って席を立つ。
ヤン・フス記念像のてっぺんに、真黒な烏が一羽翼を休めていた。

（「風の声」第四十三号十月刊）

評伝を書く楽しみ

工藤《くどう》美代子《みよこ》
（ノンフィクション作家）

評伝を書く楽しみと苦しみと、さてどちらのほうが大きいか、はたと考え込んでしまった。やっぱり楽しみのほうが大きいだろう。七対三くらいの割合だろうか。

ここ二十年ほど、もっぱら評伝を書くことを仕事としている。では、なぜ評伝を書くのか。実のところあまり真剣に考えたことはない。ただ、それが自分に定められた運命のように、評伝を書き続けてきた。

ある一人の人物に狙いを定めて、その人のことを書いている間は、ほとんど恋愛状態といってよい。寝てもさめても、ただひたすら、執筆の対象へと思いをはせる。

ところが、不思議なもので、一冊の本が完結してしまうと、まるで夢からさめたように、もうすべてを忘れる。なんと薄情な心かと我ながらあきれるが、真実だから仕方がない。

そもそも、何を基準にして、評伝を書く人物を選ぶのかというと、これがまた、実にいきあたりばったりというか、気分まかせである。

あるとき、ふと、ある人物に興味を持つ。いったいその人はどんな人生を送ったのだろうと考える。私には持論があって、どんなに平凡に見える人生を送った人でも、一冊の本が書けるくらいの経験はしていると思うのだ。

一つとして同じ人生はないし、普通の人生の裏側にだって、必ず何か秘密の一つや二つは隠されているはずだ。

まして私が興味を持つのは他人から見ても波風の多い日々を過ごした人々なので、その生涯の時間を追いかけるのは楽しい作業だ。

しかし、正直にいって、評伝を書く相手にも相性のいい人と悪い人がいる。

たとえば現在、ラフカディオ・ハーンの生涯の三部作に取組んでいる。

ハーンは私より百年早い一八五〇年にギリシャで生まれた。アイルランドで幼少期を過ごし、十九歳でアメリカへ渡った後に、四十歳を目前にして日本へ来た。

そして、そのまま日本に居着いてしまった。経歴だけ見ると、自分とは何の共通点も見出せないのだが、私はときどきハーンが自分の体内に生きているような妙な感覚にとらわれる。

どういったらいいのだろう。ハーンは自分の分身のように感じられるのだ。これは、もちろん僭越な表現であることはよく承知している。ただ、私が共感を覚えるのは、文豪小泉八雲ではなくて、劣等感をたくさんかかえ、それでも周囲の人々には限りなくやさしくあろうとする繊細な一個の人間としてのハーンなのだ。

ハーンには欠点も多くあった。まず、なにより感情の起伏が激しい。妥協を嫌い、ちょっとしたことにも激怒した。そのため編集者とは何度も大喧嘩をした。

つまりは非常に無器用な男で、社会への適応が難しかった。そんなハーンを、私はたまらなく愛しく感じてしまう。

考えてみると、自分の周囲は、いかに人生をうまく生きようかと考えている人間ばかりだ。それは、しかし、当然のことで、この現代社会で生き抜いてゆくには、なるべく摩擦が少ないほうがいいに決まっている。

怒りをすぐに相手にぶつけては、とても生きてはゆけないし、まして組織の一員としての出世など不可能だ。

おそらくハーンが現代社会に生まれていたら、一生、不遇の作家で終ったのではないかという気がする。

たまたま明治という時代に日本へ来て、英語圏のマーケットに情報を発信するチャンスがあった。その上、彼は情報を文学に変える技術を持っていた。そうしたラッキーな偶然によってハーンという作家が大成した。

その大成した部分よりも、もっと根っこのほうにある弱い悲しい部分に私はなぜか心が惹かれる。そして、その部分が自分とは最も相性のいいところだと思っている。

同じエキセントリックな人物でも、歌人であり書家でもあった會津八一の評伝（『野の人　會津八一』二〇〇〇年、新潮社）を書いていたときは、これはもうメチャクチャに相性が悪いと思った。原稿を書きながら、あれほど相手に向かってブツブツ文句をいったのは初めての経験だった。

會津八一は生涯独身で、ある一人の女性への恋慕の情を絶ち切れなかった。その女性とは日本の女流画家の草分けであり、長谷川時雨の『美人伝』にも登場する亀高文子だった。

文子の御遺族に若い頃の彼女の写真を見せてもらったが、なるほど美貌であり、その絵も素晴らしい才能が光っていた。

これでは八一が夢中になるのも当然だと納得できたのだが、かんじんの文子が全く八一にはなびいてくれなかった。もう残酷なまでに、したたかに八一をふったのである。

通常、私の性格だと、ふられたほうの八一に感情移入をしてしまい、なんとも彼が可哀相に思えるのだが、それがどうも違うのだ。

「あのね、あのね、そんな野暮なことといってたら文子さんに嫌われるの当り前ですよ」

「ああ、ダメ、ダメ。どうしたら、わかるのかしら、女って、こういうの一番ダメなのよ」

原稿を書きながら、私はしきりに八一に話しかけていた。ここで、こう口説かなければいけないという場面で、いつも八一は無神経なふるまいに出るのだ。

その上、ひどい勘違いをして、文子も自分に気があると思い込んでいた。文子は他の男性と結婚し、その夫が病死すると、また違う男性と再婚した。八一が好きだったら彼と結婚する機会は何度もあったのに目もくれなかった。そういう歴然とした証拠があるのに、まだ八一は、文子が自分に好意を持っていると思い込み、友人たちへの手紙にもそう書いた。

私は、段々腹立たしくなってきて、ときには八一を激しく非難した。

それを聞いた担当の編集者の青年から、「工藤さんって、八一のこと嫌いなんですねぇ。いつもすごくののしってますもんね」といわれて、はっとした。

そういえば、このところ原稿を書いている間はずっと八一と喧嘩腰のやりとりをしていたと気づいた。

こんなに相性の悪い人の評伝など、どうして書き始めたのだろうと後悔もした。ところが不思議なことに、すべての原稿を書き終ってみると、八一ほど真剣に自分が向き合った相手はいなかったような気がしてきた。まるで生きている人と、現実に交際していたように、いちいち相手の言動に反応して腹を立てたり笑ったり泣いたりしていた。

そう、私は原稿を書きながら泣いたのは、會津八一の評伝が初めてである。

他愛のない話なのだが、八一の弟子の学生が戦争中に特攻隊員として出征することになった。その前に、いつも八一に連れられて奈良に行くと泊った日吉館の前を訓練で走る。走るたびに、八一の字で彫られた日吉館の看板を手でさすって泣きながら通るという話だ。

なぜか私はオイオイ泣いて、原稿を書いた。野暮で田舎くさくて、わがままで、どうしようもないけど、早稲田の教え子に慕われた八一の姿が、このエピソードから見事に浮び上がってくるのだ。

相性は悪かったけど、やっぱり魅力的な人だったのねぇと、私は會津八一の評伝が出来上がったとき、その本に向かってつぶやいた。

そして、急に淋しくなった。もう悪態をつく相手もいなくなった。自分と八一の関係もこれで完結したという思いだった。

二十冊まで評伝を書いたところで、私は数えるのをやめてしまった。だから、自分が何冊の評伝を書いたのか実際には知らない。

それでも一冊の本を書くというのは、相手と、とことんつきあうことなので、どの本にも忘れられない思い出がいっぱい詰まっている。

評伝を書く楽しみを最初に教えてくれたのは、初めての本である『晩香坡《ヴァンクーヴァー》の愛』（一九八二年、ドメス出版）の主人公、田村俊子だった。

俊子は大正文壇の花形女流作家だったが、その地位も名声もかなぐり捨てて、カナダのヴァンクーヴァーへ渡った。大正九年のことだった。

私はまだ二十代だったが、俊子の生涯を知りたいと思い、カナダでその足跡を訪ねた。すると、今まで書かれていた評伝とは相反する事実が次々と出てきた。それが当時の私には面白くて仕方がなかった。自分だけが知っている俊子像に夢中になってのめり込んだ。

しかし、その反面、不安もあった。不倫や離婚、死別など女としてさまざまな経験を積んでいた俊子を、まだ若い自分がどこまで理解できるのだろうか。しょせんは、自分の身の丈でしか計れないのではないか。

それでも、理解できる範囲で書いてみようと決心したら、ずいぶんと気分が軽くなったのを覚えている。

その最初の本が世に出たのは三十二歳のときだった。思えば、それから二十年の歳月が流れたわけだ。今だったら、もう少し違った書き方をしただろうと最近になって後悔したりもする。

だが、人間は「書けるときに、書けるものしか書けない」と私はあきらめている。

それぞれの年代で書ける方法で評伝を書くしかないだろう。
なぜ評伝を書くのがそんなに楽しいかというと、その答は簡単だ。生身の人間と違って、評伝を書く対象となる人物のことは、安心してとことん愛することができるからだ。自分の思いを拒否されたり逃げられたりする心配はない。だから私は追いかけ続けるのだろう。

（「學鐙」九月号）

縁つながりのアテの話

青《あお》木《き》奈《な》緒《お》
（エッセイスト）

樹木に関心を寄せていた私の祖母・幸田文は、仕事の合間にあちこちの木に逢いに出かけた。晩年の「木」という連載は「學鐙」編集部にお世話になったもので、その中に木曾のひのきについて書かれた章がある。夏のひのきは音をたてて生きている。めざましく放たれる生気を身体に受け、まっすぐ育つひのきのあまりの優秀さに祖母は自分とはどこか無縁なものという淋しさを感じた。

そこで心を寄せたのがアテと呼ばれる厄介ものだった。すんなり育てば良材になったものを、なんらかの環境の変化によってまっすぐたりえなかった木がアテであり、内側に依怙地なねじれやゆがみを抱えているがゆえに、材としては最低の等級にも入らないワルだと聞かされる。つらさを我慢して生きてきた挙句に役立たずという汚名を着る。その哀れさに、逆にアテの悪さをしっかりつきとめようと、わざわざ製材所にアテを挽いてもらって業を切り開く。台にのせられたアテはクセをあらわに最後まで刃向かい、それを見ている祖母もまた身を切り裂かれるつらさを文章に託している。

そんな人の手に余る哀しさを持つアテが、思いがけず役に立つことがある。クセを抱えたまま四角い材に整えられ、ひっそり出番を待っているところへ、一昨年の秋、私がふっと出くわした。

それはテレビの仕事で奈良へ行ったときのこと。かつて祖母が三重塔再建のお手伝いしたお寺さんがあって、その模様を記録した番組がおよそ四半世紀の時を越えてリメイクされることになった。再建された塔が今どうなっているかを確かめ、ゆかりの方たちを訪ねる旅に私も同行することになった。

塔の再建に直接かかわった宮大工さんがおひとり、今も塔の近くに作業場をお持ちでいらっしゃる。あたりには収穫前の柿が実り、黄金色の稲穂がやさしく頭をたれている。作業場の屋根は高く、秋の陽がいっぱいに明るかった。中へ入るなり木の香が満ちて、白木の材が高く積まれ、どこかのお寺さんへ納めるのだろう、切りこみの入った大きな板も立てかけられていた。

その向こうで静かにお仕事なさっているのが、かつて祖母もお目にかかったことのある宮大工さんだった。当時の様子をそのままに伝えるテレビ番組でまだお若かったその方は、今や棟梁として押しも押されもしない貫禄で、三重塔再建のころの日々をなつかしそうに語ってくださる。かたや番組の中で再現されたのはそっくりそのまま、まるで生きているかのような過去であり、その一方で実際に四半世紀の日々を重ねて棟梁となった方がふり返る過去は、また別の重みと温かさがこもっていた。

お話を伺ううち、こちらに断面を向けて高く積まれた材の一本がしきりと気になった。黒い墨のようなもので、どう見てもアテと書かれているように読める。近寄って確かめずにはいられず、はっきり目にして嬉しさに動悸するほどだった。見つけた、と思った。

これ、アテでしょう？　と言ってはやる私に棟梁は、そうだな、あなたのお祖母さんはアテに関心を持ってらしたな、と笑いを含んだ声で答えてくださった。ところが多くの材と一緒に積まれたそのアテは、断面だけではとてもクセのある木とは思えない。素人目にはどれもまったく同じに見える。

棟梁は近くにあった鉋を手に、ちょっと待って、今わかるから、と材となったアテの断面を二、三回、すっとなでるように削った。ほら、ここだ、と指さされたところに、白木の色よりひときわ濃い紅いような筋が走っていた。何かに堪えた痕跡を、木はこの筋に残しているらしかった。周囲はきれいな年輪なのに、そこだけはやはり傷のように痛々しかった。

この厄介もので役立たずのはずの材が、棟梁の采配ひとつで大きな力になるのだという。アテの柱をなん本か組みあわせ、内側にじっと抱えられたねじれる力をそれぞれ相反するように按配すると、同じ本数すんなり素直な柱で支えるよりずっと堅固な力を発揮するのだそうだ。地面にあってふんばりねばった木は、材になってもふんばり堪える。クセのある木を活かして使ってやるのが、さしずめ棟梁の力量だな、とものすごい包容力が木の香の芳しさを圧して見事だった。

何しろ塔を建てるとき念頭に置いて考える単位は、三百年という長さと聞いて驚いた。三世代の生涯をも越える時の流れの、その先を見つめ、次に解体修理を行う三百年後の宮大工に確かな技術を伝えるべく、今の仕事を残しているのだそうだ。なんというスケールの大きさだろう。そして省みれば、私の使う尺度のなんという器量の狭さだろう。今日、明日、明後日のことで頭はいっぱいで、三ヵ月先に自分がどうしているかさえ心もとない。私にとって最長の時間の単位は自分の命がつきるときに終わってしまう。その先のことなど考えることもなく過ごしてきた。奈良で出逢ったアテは私に愕然とした想いを残し、いつしか日常のせせこましさの中に埋もれていった。

それがまた、ひょいと顔をのぞかせたのは半年ほど前のこと。今度は材としてではなく、現在生きながら堪えているアテの話だった。

ここ一年ばかり、私が興味を持って追いかけている対象に山の崩壊がある。これもまた私の祖母が予期せず足を踏み入れた領域で、日本各地の崩壊を見てまわった成果が「崩れ」という文章にまとめられている。「木」を連載していた時期と時間的には重なっており、そもそも祖母が静岡県にある大谷崩れという崩壊を目にするようになったきっかけは、その近くの安倍峠へ楓の純林を見に行くというお誘いからだった。

祖母が歳のいった身体で崩れる山の凄まじさを見届けてから、やはり四半世紀の時が流れ、今もう一度各地の崩れをまわってみませんか、とお声をかけていただいたのは、今度は孫の私だった。山の崩壊とそれを治める人の努力を確かめに行くとなれば、どうしても足元の危うい場所も避けることはできず、体力はあるに越したことはない。富士山の大沢崩れ、桜島、立山の鳶崩れとめぐるうち、私もまたこの世界のおもしろさにとりつかれた。

けれど老練の祖母のおよそ半分でしかない若輩の私に崩壊の景色はなかなか捉えにくく、四半世紀という時が山で何をどう変えたか、つきとめようとしても容易ではない。そんな話を関係の方々がお集まりの席で口にしたことがあった。すぐそばで救いの手をさしのべてくださったのは治山の技術に明るい方で、ご自身は清らかな八ヶ岳にお住まいと伺った。霞を食べて暮らしているんだ、と楽しげな笑い声を残して、お開きのあと山の高みへもどって行かれた。

数日後、その方のご本が送られてきた。渓相学という分野への入門書で、人に人相や手相があるように、渓流にも個々に相があるという。渓流の流れるところを丹念に調査すれば、そこがどんな場所か、かつて土砂が流出した歴史も跡になって残されているのだそうだ。ただやみくもに技術を投入するのではなく、自然が提供してくれるデータを採集し見きわめてから、人の力を加えて山を治める。本の扉に添えられた「識自然・應現象」という手書きの文字が、一貫したテーマを物語っているようだった。

専門の知識を持たない私が理解できたのはおおよそこの範囲で、細かなこととなると理解の及ばないところも多々あるのだが、その中でふっと目にとびこんできたのがアテという片仮名のふた文字だった。おや、こんなところでまたお目にかかりましたか、と軽い驚きを覚えながら、山の荒れを治める話にアテがどうかかわってくるのか、ぜひとも知りたいと思った。

まっすぐ素直に育とうとする木がアテにならざるを得ない、その原因に着目しているのだった。木がアテになる背景には環境の変化がある。近くにある木と競いあって、生育の途中で少しでも条件のいい方向へと身をよじったか、はたまた雪の重みで倒木がおおいかぶさってきたか、何かしら理由がなくては木は辛苦の跡を刻まない。

渓流にアテが見られる原因のひとつには、木の育った地面そのものが動いてしまうことも考えられる。流れの底をさらって土石流がくだったのかもしれないし、木の育つ斜面ごと地すべりが起きたのかもしれない。倒されそうになってかしいだ木が踏みとどまった痕跡がアテになる。そこで木の断面を見てアテが生じた時をさぐれば、土砂が動いた時を知ることができるのだ。語りかける口も、書きとめる手も持たぬものが、また別の手段できちんと記録をつけている。発信されたシグナルを受けるかどうか。決めるのは人だ。

崩れる山にあってアテが伝えているのは、人工的なものを離れた自然の尺度だった。もとより山の崩壊は今の技術をもってしても、人が予測して判じきれるものではない。

ここでまた、私が日常生活で使うちっぽけな尺度にどれほどの意味があるのか、改めて考えさせられた。理解を助けるために存在する尺度が、思いもかけず私の見方を偏らせ、拘束しているのかもしれない。日々使い慣れた尺度をいったんはずしてみるところに、おもしろさは広がっているのではなかろうか。

自分から探したわけではないアテに二度のつながりを得て、次また出逢うのはどこだろう、と楽しみにしている。願わくば、山に実際に生き、堪えるアテを見てみたいと思う。気がつかずにいるのは私だけで、もうなん度も目にしているのであるまいか。うっすらそんな気さえしながら、次に崩れを見に行く機会を待っている。

（「學鐙」12月号）

カストロ議長との昼食

松井孝典《まついたかふみ》
（東京大学教授）

キューバのフィデル・カストロ議長と昼食をともにしたことがある。昨年の十一月、場所はハバナだった。私は数年前から調査研究のためにキューバに通っており、縁あって昼食会に招かれたのだ。

あまり知られていないかもしれないが、地球史を研究する上でキューバは宝島である。六千五百万年前、地球に直径約十キロメートルの巨大隕石が衝突したことをご存じだろうか。その衝撃はきわめて大きかったので、地球に天変地異をもたらした。当時我が世の春を謳歌していた恐竜が絶滅したのもこの巨大隕石の影響だ。

キューバには当時の地層が全島にわたって分布しており、なかには厚さ二百メートルとか七百メートルにも達するものが存在し、研究材料には事欠かない。ヨーロッパでは同時期の地層は一センチ以下しかないから、キューバ周辺の衝撃がどれだけ大きいものだったか推測される。その地層には斜行した白い模様が残っているものもあり、大津波が何度となく起きたことをはっきりと見て取ることができる。地球の歴史を研究する者にとって、キューバは夢のような場所なのだ。

ところがキューバは全島が軍事基地のような島だ。地面を掘り返して調査していると、どんな片田舎でも一時間以内にどこからともなく軍隊が現れる。どこかで監視されているのだ。「ここは軍管理区だから調査禁止だ」という。日本人の私たちはただ気味が悪いだけだが、いっしょに調査をしているキューバの研究者は軍隊を見て完全に怯んでしまう。その度に調査は中断し貴重な時間が失われていた。

新たに許可の申請を出したところで、そこはキューバである。いつまでたっても埒があかないだろう。ならば最高権力者であるカストロ議長に直訴するのが早道だと考えた。彼の許可があればどこでもフリーパスに違いない。キューバと縁の深い日本の国会議員や財界人が訪問する折に同行させてもらい、直訴する機会をつくっていただいた。

紆余曲折があったものの、幸運なことに日本大使館のパーティーでカストロ議長に会うことができた。身長は優に一八〇センチ以上あり、恰幅の良さは想像以上だった。いつも通り緑色の軍服。しかし間近に見ると、これがただの軍服ではない。生地はシルクのように艶がよく、仕立てがよかった。

さっそく『地球史研究における革命』というタイトルの一枚のペーパーを手渡して直訴した。「革命」という言葉はカストロ議長の気を引くのではないかとわざと入れたものだ。それが功を奏したのかどうかは定かでないが、「考慮する」と確約してくれ、日本の訪問団を翌日の昼食会に招待してくれた。

ハバナにある革命宮殿はコンクリートの塊のような建物である。警備は厳重この上ない。階段を昇って広々としたホールに着くと、荷物やカメラを全部預けさせられた。

カストロ議長は現れるや、まず私のところへ近づいてきて「あなたのプロジェクトについてはちゃんと指示しておいたので、調査はゆっくりやってください」と言って大げさに握手をしてくれた。同行した方からは「まるで松井さんの会のようですね」などと冷やかされたほどの熱烈歓迎ぶりだった。人を包み込むような温かな雰囲気はカストロ議長独特なものがある。

大食堂は三十メートル四方くらいの大きな部屋で、豪華なテーブルがロの字型に並べられていた。重厚な椅子が余裕をもって置かれているので、ゆったり座ることができる。周囲には給仕の人が等間隔に立っていた。

最初に出てきたのは意外なことにグレープフルーツだった。カストロ議長の大好物だ。「健康にもいいから毎日食べています。今度、キューバから日本にも輸出するようになりました。フロリダ産のものと比べて味がいいのか、私にはよくわからないが、おいしいからぜひ食べてください」と早速宣伝した。

つづいてロブスター。キューバの特産品なのだが、国営レストランでは三十ドルもする。さらにポークのグリルがでて、最後は豆が入った炊き込みご飯だった。これはキューバの一般的な家庭料理だ。カストロ議長はこのご飯に入った豆を指しながら熱弁を振るった。

「世界中で子どもが飢えている。なぜ牛乳を援助するのか。牛は一キロ太らすのに約八キロの穀物が必要だ。豆乳は牛乳と栄養価は変わらないのだから、豆乳を援助すべきではないか」

カストロ議長は話しだすと止まらない。話をするほどに熱がこもる。いつしか午餐会は彼の独演会のようになってしまった。

驚いたことに低金利政策や阪神淡路大震災といった日本に関する話題にもよく通じていた。そういった話題も真面目に話すのではなく、比喩を駆使して客を楽しませる当意即妙な話術だった。身振り手振りを加える独特なスタイルで、あの雰囲気をここで再現できないのが残念なくらいだ。あの話ぶりならばどんなに詰まらない話でも聞き惚れてしまうだろう。

革命宮殿の午餐会は、カストロ議長の話術というエンターテインメントがついたキューバ式のフルコースだった。


（「文藝春秋」2月号）

北京の夏

丹《に》羽《わ》友《とも》子《こ》
（主婦）

一九九九年の夏、約一ヶ月間私は中国の北京大学で夏期海外研修を受けた。

この研修は単に語学だけを学ぶのではなく、その国の社会事情などを現地で確かめ、書物で読むのとは違った異文化体験をすることを目的としていた。

私は前年の四月から、ある女子大学の短期大学部に入学した。

入学した時の年齢は五十八歳。学ぶことに年齢はないと思っていたが、いざ自分が大学に入学するとなると、いろいろな問題が山積している。高校を卒業してから四十年が経ている。机を並べて勉強する学生は、子供というより孫に近い。そんな子供達とうまくやっていくことが出来るだろうか。

大学に入ろうと決心してからの私は、希望大学に資料を貰いにいき、ありとあらゆることを自分に当てはめて研究してみた。

「文学」、主に国文学を勉強したいという長年の夢があった。だが入学してから、必修科目として外国語を履修しなくてはいけない。英語・仏語・独語・中国語、その中からどれか一科目を選ばなくてはいけない。私の心の中に大きな不安がよぎった。記憶力の衰え、特に語学は暗記を必要とする部分が多い、今更私にとって必要としない外国語で、苦労することもないのではないかと迷ってしまう。

まぁ、とりあえず願書を出してそれから考えよう。それより大学に受かるかどうかが問題なのだ。

入試勉強は数年前からの問題を参考にし、毎日数時間主婦のかたわら机に向うことにした。でも不安はつのるばかりだった。書類の提出もしなくてはいけない、出身高校からの卒業証明書、成績証明書等の提出。出身高校の事務局はたいへん親切であった。全て郵送で書類が揃った。

いよいよ入試。受験番号はなんと一番だった。私の後にどんな人がいたのか全然覚えていない。面接試験の時はじめて横に並んだ人と少し話が出来た。後《のち》にこの人と二年間ほとんど一緒に勉強し私の一番年齢の若い友人としておつきあいすることになる。その時の二人は、まるで小学生か中学生のように緊張していた。面接の教授も私が社会人入試ということで、たいへん厚意的に接して下さった。たとえ高校卒業後四十年という空白があったとしても、大学で学ぶことが出来るなら是非学びたい。そんな熱意も充分に伝えられたように思う。

かくして「合格」の通知が来た。嬉しかった。

いよいよ四月から憧れの大学生になる。十八歳の頃のように不安と緊張が私の心を襲う。入学式には夫が同道してくれた。

授業がはじまる。問題の外国語の履修は、いろいろ考えた末に、何も知らない「中国語」をとることにした。

「中国語」の先生は三十代後半の美人の中国人だった。北京大学出身の才媛で声も美しかった。私は授業の第一日目から一番前の席をとって一生懸命勉強した。日一日と中国語の勉強が楽しくなった。先生とも親しくなって、昼食もご一緒したり、中国の話や、ご自分の出身大学の話などいろいろ聞かせてくれた。お陰で中国という国の文化や歴史に興味を持つことが出来た。

大学生の一年間は、テストが前期・後期と二度あり、レポート提出や演習発表、短大では卒業論文は義務づけられてはいないが、私はそれに挑戦することにしたので、それの研究等々まことに忙しい。徹夜で勉強したり、図書館で時の経つのを忘れてレポートを書いたりと、あっという間に月日が経って、いつの間にか二年生になっていた。

その年の五月頃、学内の掲示板に「夏期海外研修の参加募集要項」が掲示された。一瞬心が動いたが「主婦」の立場の私が一ヶ月近く外国へ行くことをためらわせた。だが家に帰り、そのことを家人に話してみたところ、「行っても良い」と言う。

成田空港から北京首都空港まで約三時間、海外旅行は今まで何度もしているが、今回は今までにない緊張感と期待感で飛行機に搭乗した。

北京首都空港は人でいっぱいだった。工事中のためか埃っぽく、アジア特有のごちゃごちゃとした色彩と一種独特の臭いがした。

夕方の空港には北京大学の関係者が私たち一行（教授二人、学生十八人、通訳兼ガイド一人）を出迎えてくれた。バスで北京大学の構内にある宿舎に向かった。

車窓から見える景色、特に男性が上半身何もつけないでのんびり働いたり、夕涼みをしている姿が多く目についた。やがて目的地に着いた私たちは、明日からはじまる生活の準備をした。私のルームメイトは大学三年生で将来先生になりたいとのこと、すでに中国語を三年間勉強している。

その夜は北京大学のご好意で豪華な夕食をご馳走になったりと、あわただしい中にも充実した一日を終えた。

いよいよ研修第一日目、クラス分け試験と始業式、歓迎会。

クラス分け試験、私にとってこの試験はなんとも高度で、一年位の勉強ではむずかしくとても歯がたたない。結局十八人の約半分が三年以上中文を履修した人、大学の国際学科で特に中文を学んでいる人が「中級クラス」に行き、残り半分が「初級クラス」に入った。私も「初級クラス」に入学した。

学習は北京大学中文科の教師陣がご指導して下さり、勿論授業は全て中国語のみで行われた。毎日の授業は朝八時三十分から正午まで、途中十分程の休憩がある。午後は自由行動。月曜日から金曜日まで息ぬく暇もなく勉強に明け暮れた。宿題も出されてテープや辞書を駆使し奮闘した。やっと土曜日になる。土日は授業は休み。しかし宿題が多い。夜間補講も何度か受けた。翌週も同じように勉強が続き、小テストも何度かあった。その週の金曜日に speaking のテスト。このテストは修了試験の一部で成績表に点数がのる。人前で正式に話す、不安だったがどうやらクリア出来た。

そして、いよいよ最後の修了試験。研修十五日目の日曜日だ。前日の日記をみると、ほとんど寝ずに勉強と記してある。

朝九時から十時までの一時間、クラス分け試験を受けた部屋で行われた。今度は、あの時と違い、すらすらと書けた。楽しくすらすらあった。見廻りの試験官も何か親しく思えた。一時間が経った。全て終った。もう結果はどうでも良い。この解放感と充実感。試験を終えて教室の外に出て見た、北京の空の真白な夏の雲の美しさ、きっとこの雲の美しさを私は終生忘れることはないだろうと思った。

その日の午後五時から修了式が行われた。真っ赤な布の表紙に金文字の立派な修了証書を一人ひとり手渡された。全員、感動の涙を流した。教授と目があった。やさしい笑顔が返ってくる。万感の思いをこめて心からの感謝と感動を味わうことが出来た。

一九九九年の夏は私の一生で忘れることの出来ない素晴らしい夏となり、翌年の三月、沢山の若い友達と感動の卒業式を迎えることが出来た。

（「ふれあいの輪」第二十七号十一月刊）

象《ぞう》が歩《ある》いた
——'02年版ベスト・エッセイ集——

二〇〇二年七月三十日第一刷

編　者　日本エッセイスト・クラブ
発行者　寺田英視
発行所　株式会社文藝春秋
〒102-8008　東京都千代田区紀尾井町三ノ二三
電　話　〇三―三二六五―一二一一
印刷所　精興社
製本所　中島製本
万一、落丁・乱丁の場合は送料当方負担でお取換えいたします。小社営業部宛、お送り下さい。
定価はカバーに表示してあります。

PRINTED IN JAPAN　ISBN 4-16-358740-3

'02年版の作成に際しては、二〇〇一年中に発表されたエッセイから二次にわたる予選を通過した二四〇篇が候補作として選ばれ、日本エッセイスト・クラブの最終選考によって五十三篇のベスト・エッセイが決まりました。今回は、斎藤信也、佐野寧、十返千鶴子、深谷憲一、村尾清一の五氏が選考にあたりました。

2003年版ベスト・エッセイ集作品募集

対象　二〇〇二年中に発行された新聞・雑誌（同人誌・機関紙誌・校内紙誌・会報・個人誌など）に掲載されたエッセイ。雑誌は表示発行年を基準とします。なお、生原稿は対象外とさせていただきます。

字数　千二百字から六千字まで。

応募方法　自薦、他薦、いずれのばあいも、作品の載っている刊行物、または作品部分の切抜き（コピーでも可）をお送りください。その際、刊行物名・その号数または日付・住所・氏名（必ずフリガナも）・年齢・肩書・電話番号を明記してください。但し同一筆者の推薦は一篇に限ります。採用作品の筆者に原稿掲載料をお送りします。応募作品は返却いたしません。尚、書籍の発行をもって、発表に替えさせていただきます。

締切　二〇〇三年一月二十七日（月）（当日消印有効）

送り先　〒102-8008　千代田区紀尾井町三ノ二三　文藝春秋企画出版部　ベスト・エッセイ係